越年

岡本かの子恋愛小説集

岡本かの子

角川文庫
21721

目次

金魚撩乱

今日も復一はようやく変色し始めた仔魚を一匹二匹と皿に掬《すく》い上げ、熱心に拡大鏡で眺めていたが、今年もまた失敗か——今年もまた望み通りの金魚は遂《つい》に出来そうもない。そう呟《つぶや》いて復一は皿と拡大鏡とを縁側に抛《ほう》り出し、無表情のまま仰向《あおむ》けにどたりとねた。

縁から見るこの谷窪の新緑は今が盛りだった。木の葉ともいえない華やかさで、梢《こずえ》は新緑を基調とした紅茶系統からやや紫がかった若葉の五色の染め分けを振り捌《さば》いている。それが風に揺らぐと、反射で滑らかな崖の赤土の表面が金屛風《びょうぶ》のように閃く。

五六丈も高い崖の傾斜のところどころに霧島つつじが咲いている。

崖の根を固めている一帯の竹籔の蔭から、じめじめした草叢《くさむら》があって、晩咲《おそざ》きの桜草や、早咲きの金蓮花が、小さい流れの岸まで、まだらに咲き続いている。小流れは谷窪から湧く自然の水で、復一のような金魚飼育商にとっては、第一に稼業の拠《よ》りどころになるものだった。その水を岐《えだ》にひいて、七つ八つの金魚池があった。池は葭簾《よしず》で覆《おお》ったのもあり、露出したのもあった。逞ましい水音を立てて、崖とは反対の道路の石垣の下を大溝が流れている。これは市中の汚水を集めて濁っている。

復一が六年前地方の水産試験所を去って、この金魚屋の跡取りとして再び育ての親達に迎えられて来たときも、まだこの谷窪に晩春の花々が咲き残っていた頃だった。

復一は生れて地方の水産学校へ出る青年期までここに育ちながら、今更のように、「東京の山の手にこんな桃仙境があるのだった」と気がついた。そしてこの谷窪を占める金魚屋の主人になるのを悦んだ。だが、それから六年後の今、この柔かい景色や水音を聞いても、彼は却《かえ》って彼の頑《かたくな》になったこころを一層枯燥《こそう》させる反対の働きを受けるようになった。彼は無表情の眼を挙げて、崖の上を見た。

芝生の端が垂れ下っている崖の上の広壮な邸園の一端にロマネスクの半円祠堂があって、一本一本の円柱は六月の陽を受けて鮮かに紫薔薇色の陰をくっきりつけ、その一本一本の間から高い蒼空《あおぞら》を透かしていた。白雲が遥か下界のこの円柱を桁にして、ゆったり空を渡るのが見えた。

今日も半円祠堂のまんなかの腰掛には崖邸の夫人真佐子が豊かな身体つきを聳《そび》やかして、日光を胸で受止めていた。膝の上には遠目にも何か編みかけらしい糸の乱れが乗っていて、それへ斜にうっとりとした女の子が凭《もた》れかかっていた。それはおよそ復一の気持とは縁のない幸福そのものの図だった。真佐子はかなりの近視で、こちらの姿は眼に入らなかろうが、こちらからはあまりに毎日見馴れて、復一にはことさら心を刺戟される図でもなかったが、嫉妬か羨望か未練か、とにかくこの図に何かの感情を寄せて、こころを掻き立たさなければ、心が動きも止りもしないような男に復一はなっていた。

「ああ今日もまたあの図を見なくってはならないのか。自分とは全く無関係に生き誇って行く女。自分には運命的に思い切れない女――」

復一はむっくり起き上って、煙草に火をつけた。

その頃、崖邸のお嬢さんと呼ばれていた真佐子は、あまり目立たない少女だった。無口で俯向《うつむ》き勝《がち》で、癖にはよく片唇を嚙んでいた。母親は早くからなくして父親育ての一人娘なので、はたが却って淋しい娘に見るのかも知れない。当の真佐子は別にじくじく一つ事を考えているらしくもなくて、それでいて外界の刺戟に対して、極《きわ》めて遅い反応を示した。復一の家へ小さいバケツを提げて一人で金魚を買いに来た帰りに、犬の子にでも逐《お》いかけられるような場合には、あわてる割にはかのゆかない体の動作をして、だが、逃げ出すとなると必要以上の安全な距離までも逃げて行って、そこで落付いてから、また今更のように恐怖の感情を眼の色に迸《はし》らした。その無技巧の丸い眼と、特殊の動作とから、復一の養い親の宗十郎は、大事なお得意の令嬢だから大きな声ではいえないがと断って、

「まるで、金魚の蘭鋳《らんちゅう》だ」

と笑った。

漠然とした階級意識から崖邸の人間に反感を持っている崖下の金魚屋の一家は、復一が小学校の行きかえりなどに近所同志の子供仲間として真佐子を目の仇《かたき》に苛《いじ》めるのを、あまり嗜《たしな》めもしなかった。たまたま崖邸から女中が来て、苦情を申立てて行くと、その場はあやまって受容れる様子を見せ、女中が帰ると親達は他所事《よそごと》のように、復一に小言はおろか復一の方を振り返っても見なかった。

それをよいことにして復一の変態的な苛め方はだんだん烈しくなった。子供にしてはませた、女の貞操を非難するようないいがかりをつけて真佐子に絡《から》まった。

「おまえは、今日体操の時間に、男の先生に脇の下から手を入れて貰ってお腰巻のずったのを上へ上げて貰ったろう。男の先生にさ――けがらわしい奴だ」

「おまえは、今日鼻血を出した男の子に駆けてって紙を二枚もやったろう。あやしいぞ」

そして、しまいに必ず、「おまえは、もう、だめだ。お嫁に行けない女だ」

そう云われる度に真佐子は、取り返しのつかない絶望に陥った、蒼ざめた顔をして、復一をじっと見た。深く蒼味がかった真佐子の尻下りの大きい眼に当惑以外の敵意も反抗も、少しも見えなかった。涙の出るまで真佐子は刺し込まれる言葉の棘尖《とげさき》の苦痛を魂に浸み込ましているという瞳の据え方だった。やがて真佐子の顔の痙攣《けいれん》が激しくなって月の出のように真珠色の涙が下瞼から湧いた。真佐子は袂《たもと》を顔へ当てて、くるりとうしろを向く。歳にしては大柄な背中が声もなく波打った。復一は身体中に熱く籠《こも》っている少年期の性の不如意が一度に吸い散らされた感じがした。復一は舌鼓《したづつみ》うちたいほどの甘い哀愁が復一の胸を充した。復一はそれ以上の意志もないのに大人の真似をして、

「ちっと女らしくなれ。お転婆《てんば》！」

と怒鳴った。

それでも、真佐子はよほど金魚が好きと見えて、復一にいじめられることはじきにけろりと忘れたように金魚買いには続けて来た。両親のいる家へ真佐子が来たときは復一は真佐子をいじめなかった。代りに素気なく横を向いて口笛を吹いている。

ある夕方。春であった。真佐子の方から手ぶらで珍らしく復一の家の外を散歩しに来ていた。復一は素早く見付けて、いつもの通り真佐子を苛めつけた。そして甘い哀愁に充たされ乍《なが》らいつもの通り、「ちっと女らしくなれ」を真佐子の背中に向って吐

きかけた。すると、真佐子は思いがけなく、くるりと向き直って、再び復一と睨《にら》み合った。少女の泣顔の中から狡《ず》るそうな笑顔が無花果《いちじく》の尖のように肉色に笑み破れた。

「女らしくなれってどうすればいいのよ」

復一が、おやと思うとたんに少女の袂の中から出た拳がぱっと開いて、復一はたちまち桜の花びらの狼藉《ろうぜき》を満面に冠《かぶ》った。少し飛び退って、「こうすればいいの！」少女はきくきく笑いながら逃げ去った。

復一は急いで眼口を閉じたつもりだったが、牡丹《ぼたん》桜の花びらのうすら冷い幾片かは口の中へ入ってしまった。けっけと唾を絞って吐き出したが、最後の一ひらだけは上顎の奥に貼りついて顎裏のぴよぴよする柔いところと一重になって仕舞って、舌尖で扱《しご》いても指先きを突き込んでも除かれなかった。復一はあわてるほど、咽喉《のど》に貼りついて死ぬのではないかと思って、わああ泣き出しながら家の井戸端まで駆けて帰った。そこでうがいをして、花片はやっと吐き出したが、しかし、どことも知れない手の届き兼ねる心の中に貼りついた苦しい花片はいつまでも取り除くことは出来なくなった。

そのあくる日から復一は真佐子に会うと一そう肩肘を張って威容を示すが、内心は卑屈な気持で充たされた。もう口は利《き》けなかった。真佐子はずっと大人振ってわざと丁寧《ていねい》に会釈した。そして金魚は女中に買わせに来た。

真佐子は崖の上の邸から、復一は谷窪の金魚の家からおのおの中等教育の学校へ通うようになった。二人はめいめい異った友だちを持ち異った興味に牽《ひ》かれて、滅多に顔を合すこともなくなった。だが珍らしく映画館の中などで会うと、復一は内心に敵意を押え切れないほど真佐子は美しくなっていた。型の整った切れ目のしっかりした下膨れの顔に、やや尻下りの大きい目が漆黒に煙っていた。両唇の角をちょっと上へ反らせるとひとを焦らすような唇が生き生きとついていた。胸から肩へ女になりかけの豊麗な肉付きが盛り上り手足は引締ってのびのびと伸びていた。真佐子は淑女らしく胸を反らしたまま軽く目礼した。復一はたじろいで思わず真佐子の正面を避けて横を向いたが、注意は耳一ぱいに集められた。真佐子は同伴の友達に訊ねられてるようだ。真佐子はそれに対して、「うちの下の金魚屋さんとこの人。とても学校はよくできるのよ、」と云った。その、「学校はよくできる」という調子に全く平たい説明だけの意味しか響くものがないのを聞いて復一は恥辱で顔を充血さした。

世界大戦後、経済界の恐慌に捲込まれて真佐子の崖邸も、手痛い財政上の打撃を受けたという評判は崖下の復一の家まで伝わった。しかし邸を見上げると反対に洋館を増築したり、庭を造り直したりした。復一の家から買い上げて行く金魚の量も多くなった。金魚の餌を貰いに来た女中は、「職人の手間賃が廉《やす》くなったので普請《ふしん》は今のうちだと旦那様は仰言《おつしや》るんだそうです」といった。崖端のロマネスクの半円祠堂型の休み場も序《ついで》にそのとき建った。

「金儲《もう》けの面白さがないときには、せめて生活でも楽しまんけりゃ」

崖から下りて来て、珍らしく金魚池を見物していた小造りで痩せた色の黒い真佐子の父の鼎造《ていぞう》はそう云った。渋い市楽《いちらく》の着物の着流しで袂に胃腸の持薬をしじゅう入れているといった五十男だった。真佐子の母親であった美しい恋妻を若い頃亡くしてから別にささやかな妾宅を持っただけで、自宅には妻を持たなかった。何か操持をもっという気風を自らたのしむ性分もあった。

復一の家の縁に、立てかけて乾してある金魚桶と並んで腰をかけて鼎造は復一の育ての親の宗十郎と話を始めた。

宗十郎の家業の金魚屋は古くからあるこの谷窪の旧家だった。鼎造の崖邸は真佐子の生れる前の年、崖の上の桐畑を均《なら》して建てたのだからやっと十五六年にしかならない。

新住者だがこの界隈《かいわい》の事や金魚のことまで驚くほど鼎造はよく知っていた。鼎造の祖父に当る人がやはり東京の山の手の窪地に住み金魚をひどく嗜好したので、鼎造の幼時の家の金魚飼育の記憶が、この谷窪の金魚商の崖上に家を構えた因縁から自然とよみがえった。殊に美しい恋妻を亡くした後の鼎造には何か飄々《ひょうひょう》とした気持ちが生れ、この生物にして無生物のような美しい生きもの金魚によけい興味を持ち出した。

「江戸時代には、この金魚飼育というものは貧乏旗本の体《てい》のいい副業だったんだな。山の手では、この麻布の高台と赤坂高台の境にぽつりぽつりある窪地で、水の湧くようなところには大体飼っていたものです。お宅もその一つでしょう」

あるとき鼎造にこういわれると、専門家の宗十郎の方が覚束《おぼつか》なく相槌《あいづち》を打ったのだった。

「多分、そうなのでしょう。何しろ三四代も続いているという家ですから」

宗十郎が煤《すす》けた天井裏を見上げながら覚束ない挨拶をするのに無理もないところもあった。復一の育ての親とはいいながら、宗十郎夫婦はこの家の夫婦養子で、乳呑児のまま復一を生み遺して病死した当家の両親に代って復一を育てながら家業を継ぐよう親類一同から指名された家来筋の若者男女だったのだから。宗十郎夫婦はその前は萩江節の流行《はや》らない師匠だった。何しろ始めは生きものをいじるということが妙に怖しくって、と宗十郎は正直に白状した。

「復一こそ、この金魚屋の当主なのです。だから金魚屋をやるのが順当なのでしょうが、どういうことになりますか、今の若ものにはまた考えがありましょうから」

宗十郎は淡々として、座敷の隅で試験勉強している復一の方を見てそういった。

「いや、金魚はよろしい。ぜひやらせなさい。並の金魚はたいしたこともありますまいが、改良してどしどし新種を作れば、いくらでも価格は飛躍します。それに近頃では外国人がだいぶ需要して来ました。わが国では金魚飼育はもう立派な産業ですよ」

実業家という奴は抜け目なくいろいろなことを知ってるものだと、復一は驚ろいて振り返った。鼎造は次いでいった。「それにしても、これからは万事科学を応用しなければ損です。失礼ですが復一さんを高等の学校へ入れるに、もしご不自由でもあったら、学資は私が多少補助してあげましょうか」

唐突な申出を平気でいう金持の顔を今度は宗十郎がびっくりして見た。すると鼎造はそのけはいを押えていった。

「いや、ざっくばらんに云うと、私の家には雌の金魚が一ぴきだけでしょう。だから、どうも他所《よそ》の雄を見ると、目について羨《うらや》ましくて好意が持てるのです」

復一は人間を表現するのに金魚の雌雄に譬《たと》えるとは冗談の言葉にしても程があるものだとむっとした。しかし、こういう反抗の習慣はやめた方が、真佐子に親しむ途がつくと考えないでもなかった。真佐子に投げられて上顎の奥に貼りついた桜の花びらの切ないなつかしい思い出で――復一はしきりに舌のさきで上顎の奥を扱いた。

「お子さまにお嬢さまお一人では、ご心配でございますね」

茶を出し乍《なが》ら宗十郎の妻がいうと、鼎造は多少意地張った口調で、

「その代り出来のよい雄をどこからでも選んで婿《むこ》に取れますよ。自分のだったらボンクラでも跡目を動かすわけにはゆかない」

結局、復一は鼎造の申出通り、金魚の飼養法を学ぶため上の専門学校へ行くことになり学資の補助も受けることになった。真佐子は何にも知らない顔をしていた。しかし、復一が気がついてみると、もうこのとき、真佐子の周囲には、鼎造のいわゆる他所の雄で鼎造から好意を受けている青年が三人は確《たしか》にいて、金釦《ボタン》の制服で出入りするのが、復一の眼の邪魔になった。復一の観察するところによると、真佐子は美事な一視同仁の態度で三人の青年に交際していた。鼎造が元来苦労人で、給費のことなど権利と思わず、青年を単に話相手として取扱うのと、友田、針谷、横地というその三人の青年は、共通に卑屈な性質が無いところを第一条件として選ばれたとでもいうように、共通な平気さがあって、学費を仰ぐ恩家のお嬢さんをも、テニスのラケットで無《む》雑作《ぞうさ》に叩いたり、真佐子、真佐子と年少の女並に呼び付けていた。一ぴきの雌に対する三びきの雄の候補者であることを自他の意識から完全にカムフラージュしていた。それが真佐子にとって一層、男たちを一視同仁に待遇するのに都合がよかったのかも知れない。

崖邸の若い男女がそういう滑らかで快濶な交際社会を展開しているのを見るにつけ、復一は自分の性質を顧みて、遺憾とは重々知りつつ、どうしても逆なコースへ向ってしまうのだった。誰があんな自我の無い手合いと一しょになるものか、自分にはあんな中途半端な交際振りは出来ない。征服か被征服かだ。しかし、この頃自分の感じている真佐子の女性美はだんだん超越した盛り上り方をして来て、恋愛とか愛とかいうものの相手としては自分のような何でも対蹠的に角突き合わなければ気の済まない性格の青年は、その前へ出ただけで脱力させられてしまうような女になりかかって来ていると思われた。復一はこの頃から早熟の青年らしく人生問題について、あれやこれや猟奇的の思索に頭の片端を入れかけた。結局、崖の上へは一歩も登らずに、真佐子がどうなって来るか、自分が最も得意とするところの強情を張って対抗してみようと決心した。到底自分のような光沢も匂いもない力だけの人間が、崖の上の連中に入ったら不調和な惨敗ときまっている。わけて真佐子のような天女型の女性とは等匹《とうひつ》できまい。交際《つきあ》えば悪びれた幇間《ほうかん》になるか、威丈高な虚勢を張るか、どっちか二つにきまっている。瘠我慢をしても僻《ひが》みを立てて行くところに自分の本質はあるのだ。要するに普通の行き方では真佐子ははじめから適《かな》わない自分の相手なのだ。たった一つの道は意地悪く拗《す》ねることによって、ひょっとしたら、今でもあの娘はまだ自分に牽かれるかも知れない。復一は変態的に真佐子をいじめつけた幼年時代の哀しい甘い追憶にばかりだんだん自分をかたよらせて行った。

そのうち復一は東京の中学を卒え、家畜魚類の研究に力を注いでいる関西のある湖の岸の水産所へ研究生に入ることになった。いよいよ一週間の後には出発するという九月のある宵、真佐子は懐中電燈を照らしながら崖の道を下りて、復一に父の鼎造から預った旅費と真佐子自身の餞別《せんべつ》を届けに来た。宗十郎夫妻に礼をいわれた後、真佐子は復一にいった。

「どう、お訣《わか》れに、銀座へでも行ってお茶を飲みません？」

真佐子が何気なく帯の上前の合せ目を直しながらそういうと、あれほど頑固をとおすつもりの復一の拗《す》ね方はたちまち性が抜けてしまうのだった。けれども復一は必死になっていった。

「銀座なんてざわついた処より僕は榎木町の通りぐらいなら行ってもいいんです」

復一の真佐子に対する言葉つかいはもう三四年以前から変っていた。友達としては堅くるしい、ほんの少し身分の違う男女間の言葉遣いに復一は不知不識《しらずしらず》自分を馴らしていた。

「妙なところを散歩に註文するのね。それではいいわ。榎木町で」

赤坂山王下の寛濶な賑やかさでもなく、六本木葵町間の引締った賑やかさでもなく、この両大通りを斜に縫って、たいして大きい間口の店もないが、小ぢんまりと落付いた賑やかさの夜街の筋が通っていた。店先には商品が充実していて、その上種類の変化も多かった。道路の闇を程よく残して初秋らしい店の灯の光が撒き水の上にきららと煌《きら》めいたり流れたりしていた。果《くだ》もの屋の溝板の上には抛り出した砲丸のように残り西瓜《すいか》が青黒く積まれ、飾窓の中には出初めの梨や葡萄が得意の席を占めている。

肥った女の子が床几《しょうぎ》で絵本を見ていた。騒がしくも寂しくもない小ぢんまりした道筋であった。

真佐子と復一は円タクに脅かされることの少い町の真中を臆するところもなく悠々と肩を並べて歩いて行った。復一が真佐子とこんなに傍へ寄り合うのは六七年振りだった。初めのうちはこんなにも大人に育って女性の漿液の溢れるような女になって、ともすれば身体の縒《よじ》り方一つにも復一は性の独立感を翻弄されそうな怖れを感じて皮膚の感覚をかたく冑《よろ》って用心してかからねばならなかった。そのうち復一の内部から融かすものがあって、おやと思ったときはいつか復一は自分から皮膚感覚の囲みを解いていて、真佐子の雰囲気の圏内へ漂い寄るのを楽しむようになっていた。すると店の灯も、町の人通りも香水の湯気を通して見るように媚《なま》めかしく朦朧《もうろう》となって、いよいよ自意識を頼りなくして行った。

だが、復一にはまだ何か焦々と抵抗するものが心底に残っていて、それが彼を二三歩真佐子から自分を歩き遅らせた。復一は真佐子と自分を出来るだけ客観的に眺める積りでいた。彼の眼には真佐子のやや、ぬきえもんに着た襟の框《かまち》になっている部分に愛蘭《アイルランド》麻のレースの下重ねが清楚に覗かれ、それからテラコッタ型の完全な円筒形の頸のぼんの窪へ移る間に、むっくりと搗《つ》き立ての餅のような和みを帯びた一堆《いっすい》の肉の美しい小山が見えた。

「この女は肉体上の女性の魅力を剰《あま》すところなく備えてしまった」

ああ、と復一は幽《かすか》な嘆声をもらした。彼は真佐子よりずっと背が高かった。彼は真佐子を執拗に観察する自分が卑しまれ、そして何か及ばぬものに対する悲しみをまぎらすために首を脇へ向けて、横町の突当りに影を凝す山王の森に視線を逃がした。

「復一さんは、どうしても金魚屋さんになるつもり」

真佐子は隣に復一がいるつもりで、何気なく、相手のいない側を向いて訊ねた。ひと足遅れていた復一は急いで之《こ》の位置へ進み出て並んだ。

「もう少し気の利いたものになりたいんですが、事情が許しそうもないのです」

「張合のないこと仰言《おっしゃ》るのね。あたしがあなたなら嬉んで金魚屋さんになりますわ」

真佐子は縹渺《ひょうびょう》とした、それが彼女の最も真面目《まじめ》なときの表情でもある顔付をして復一を見た。

「生意気なこと云うようだけれど、人間に一ばん自由に美しい生きものが造れるのは金魚じゃなくて」

復一は不思議な感じがした。今までこの女に精神的のものとして感じられたものは、ただ大様で贅沢《ぜいたく》な家庭に育った品格的のものだけだと思っていたのに、この娘から人生の価値に関係して批評めく精神的の言葉を聞くのである。ほんの散歩の今の当座の思い付きであるのか、それとも、いくらか考えでもした末の言葉か。

「そりゃ、そうに違いありませんけれど、やっぱりたかが金魚ですからね」

すると真佐子は縹渺とした顔付きの中で特に煙る瞳を黒く強調させて云った。

「あなたは金魚屋さんの息子さんの癖に、ほんとに金魚の値打ちを御承知ないのよ。金魚のために人間が生き死にした例がいくつもあるのよ」

真佐子は父から聴いた話だといって話し出した。

その話は、金魚屋に育った復一の方が、おぼろげに話す真佐子よりむしろ詳しく知っていたのであるが、真佐子から云われて見て、却って価値的に復一の認識に反覆されるのであった。事実はざっとこうなのである。

明治二十七八年の日清戦役後の前後から日本の金魚の観賞熱は頓《とみ》に旺盛となった。専門家の側では、この機に乗じて金魚商の組合を設けたり、アメリカへ輸出を試みたりした。進歩的の金魚商は特に異種の交媒《こうばい》による珍奇な新魚を得て観賞需要の拡張を図ろうとした。都下砂村の有名な金魚飼育商の秋山が蘭鋳《らんちゅう》からその雄々しい頭の肉瘤を採り、琉金《りゅうきん》のような体容の円美と房々とした尾を採って、頭尾二つとも完美な新種を得ようとする、ほとんど奇蹟にも等しい努力を始めて陶冶《とうや》に陶冶を重ね、八ヶ年の努力の後、漸く目的のものを得られたという。あの名魚「秋錦」の誕生は着手の渾沌《こんとん》とした初期の時代に属していた。

素人の熱心な飼育家も多く輩出した。育てた美魚を競って品評会や、美魚の番附を作ったりした。

その設備の費用や、交際や、仲に立って狡計《こうけい》を弄する金魚ブローカーなどもあって、金魚の為め——僅か飼魚の金魚の為めに家産を破り、流離荒亡するみじめな愛魚家が少からずあった。この愛魚家は当時に於て、殆ど狂想にも等しい、金魚の総《あら》ゆる種類の長所を選《よ》り蒐《あつ》めた理想の新魚を創成しようと、大掛りな設備で取りかかった。

和金の清洒な顔付きと背肉の盛り上りを持ち胸と腹は琉金の豊饒の感じを保っている。鰭《ひれ》は神女の裳のように胴を包んでたゆたい、体色は塗り立てのような鮮かな五彩を粧い、別《わ》けて必要なのは西班牙《スペイン》の舞妓のボエールのような斑黒点がコケティッシュな間隔で振り撒かれなければならなかった。

超現実に美しく魅惑的な金魚は、G氏が頭の中に描くところの夢の魚ではなかった。交媒を重ねるにつれ、だんだん現実性を備えて来た。しかし、そのうちG氏の頭の方が早くも夢幻化して行った。彼は財力も尽きると一しょに白痴のようになって行衛《ゆくえ》知れずになった。「赫耶《あかや》姫！」G氏は創造する金魚につける筈のこの名を呼びながら、乞食のような服装をして蒼惶《そうこう》として去った。半創成の畸形な金魚と逸話だけが飼育家仲間に遺った。

「Gさんという人が若《も》し気違いみたいにならないで、しっかりした頭でどこまでも科学的な研究でそういう理想の金魚をつくり出したのならまるで英雄のように勇気のある偉い仕事をした方だと想うわ」

そして絵だの彫刻だの建築だのと違って、兎《と》に角《かく》、生きものという生命を材料にして、恍惚とした美麗な創造を水の中へ生み出そうとする事は如何に素晴しい芸術的な神技であろう、と真佐子は口を極《きわ》めて復一のこれから向おうとする進路について推賞するのであった。真佐子は、霊南坂まで来て、そこのアメリカンベーカリーへ入るまで、復一を勇気付けるように語り続けた。

楼上で蛾が一二匹シャンデリヤの澄んだ灯のまわりを幽かな淋しい悩みのような羽音をたてて飛びまわった。その真下のテーブルで二人は静かに茶を飲みながら、復一は反対に訊いた。

「僕のこともですが。真佐子さんはどうなさるんですか。あなた自身のことに就いてどう考えているんです。あなたはもう学校も済んだし、そんなに美しくなって……」

復一はさすがに云い淀んだ。すると真佐子は縹渺とした白い顔に少し羞をふくんで、両袖を掻き合しながら云った。

「あたしですの。あたしは多少美しい娘かも知れないけれども、平凡な女よ。いずれ二三年のうちに普通に結婚して、順当に母になって行くんでしょう」

「……結婚ってそんな無雑作なもんじゃないでしょう」

「でも世界中を調べるわけに行かないし、考え通りの結婚なんてやたらにそこらに在るもんじゃないでしょう。思う儘《まま》にはならない。どうせ人間は不自由ですわね」

それは一応絶望の人の言葉には聞えたが、その響には人生の平凡を寂しがる憾《うら》みもなければ、絶望から弾ね上って将来の未知を既知の頁に繰って行こうとする好奇心も情熱も持っていなかった。

「そんな人生に消極的な気持ちのあなたが僕のような煮え切らない青年に、英雄的な勇気を煽《あお》り立てるなんてあなたにそんな資格はありませんね」

復一は何にとも知れない怒りを覚えた。すると真佐子は無口の唇を半分嚙んだ子供のときの癖を珍らしくしてから、

「あたしはそうだけれども、あなたに向うと、なんだかそんなことを勧めたくなるのよ。あたしのせいではなくて、多分、あなたがどこかに伏せている気持ち――何だか不満のような気持ちがあたしにひびいて来るんじゃなくって、そしてあたしに云わせるんじゃゃなくて」

暫く沈黙が続いた。復一は黙って真佐子に対《むか》っていると、真佐子の人生に無計算な美が絶え間なく空間へただ徒《いたず》らに燃え費されて行くように感じられた。愛惜の気持ちが復一の胸に沁み渡ると、散りかかって来る花びらをせき留めるような余儀ない焦立ちと労《いたわ》りで真佐子をかたく抱きしめ度《た》い心がむらむらと湧き上るのだったが……。

復一は吐息をした。そして
「静かな夜だな」
というより仕方がなかった。

復一が研究生として入った水産試験所は関西の大きな湖の岸にあった。Ｏという県庁所在地の市は夕飯後の適宜な散歩距離だった。
試験所前の曲ものや折箱を拵《こしら》える手工業を稼業とする家の離れの小座敷を借りて寝起きをして、昼は試験所に通い、夕飯後は市中へ行って、ビールを飲んだり、映画を見たりする単純な技術家気質の学生生活が始まった。研究生は上級生まで集めて十人ほどでかなり親密だった。淡水魚の、養殖とか漁獲とか製品保存とかいう、専門中でも狭い専門に係る研究なので、来ている研究生たちは、大概就職の極っている水産物関係の官衙《かんが》や会社やまたは協会とかの委託生で、いわば人生も生活も技術家としてコースが定められた人たちなので、朴々としていずれも胆汁質の青年に見えた。地方の人が多かった。それに較べられるためか、復一は際《きわ》だった駿敏《しゅんびん》で、目端の利《き》く青年に見えた。専修科目が家畜魚類の金魚なのと、そういう都会人的の感覚のよさを間違って取って、同学生たちは復一を芸術家だとか、詩人だとか、天才だとか云って格別にあしらった。復一自身に取っては自分に一ばん欠乏もし、また軽蔑もしている、そういうタイトルを得たことに、妙なちぐはぐな気持がした。

担任の主任教授は、復一を調法にして世間的関係の交渉には多く彼を差向けた。彼は幾つかのこの湖畔の水産に関係ある家に試験所の用事で出入りをしているうち、その家々で二三人の年頃の娘とも知合いになった。都会の空気に憧《あこが》れる彼女等はスマートな都会青年の代表のように復一に魅着の眼を向けた。それは極めて実感的な刺戟を彼に与えた。同じような意味で彼は市中の酒場の女たちからも普通の客以上の待遇を受けた。

しかし、東京を離れて来て、復一が一ばん心で見直したというより、より以上の絆《きずな》を感じて驚いたのは、真佐子であった。

真佐子の無性格――彼女はただ美しい胡蝶のように咲いて行く取り止めもない女、充ち溢れる魅力はある、しかし、それは単に生理的のものでしかあり得ない。いうことは多少気の利いたこともいうが、機械人間が物言うように発声の構造が云っているのだ。でなければ何とも知れない底気味悪い遠方のものが云っているのだ。そうとしか取れない。多少のいやらしさ、腥《なまぐさ》さもあるべき筈の女としての魂、それが詰め込まれている女の一人として彼女は全面的に現れて来ない。情痴を生れながらに取り落して来た女なのだ。真佐子をそうとばかり思っていたせいか復一は東京を離れるとき、却ってさばさばした気がした。マネキン人形さんにはお訣れするのだ。非人間的な、あの美魔にはもうおさらばだ。さらば！

と思ったのは、移転や新入学の物珍らしさに紛《まぎ》れていた一二ヶ月ほどだけだった。湖畔の学生生活が空気のように身について来ると、習慣的な朝夕の起き臥《ふ》しの間に、しんしんとして、寂しいもの、惜しまれるもの、痛むものが心臓を掴《つか》み絞るのであった。雌花だけで遂に雄蕋《おしべ》にめぐり合うことなく滅びて行く植物の種類の最後の一花、そんなふうにも真佐子が感ぜられるし、何か大きな力に操られながら、その傀儡《かいらい》であることを知らないで無心で動いている童女のようにも真佐子が感ぜられるし、真佐子を考えるとき、哀れさそのものになって、男性としての彼は、じっとしていられない気がした。そして、いかなる術《すべ》も彼女の中身に現実の人間を詰めかえる術は見出しにくいと思うほど、復一の人生一般に対する考えも絶望的なものになって来て、その青寒い虚無感は彼の熱苦るしい青年の野心の性体を寂しく快く染めて行き、静かな吐息を肺量の底を傾けて吐き出さすのだった。だが、復一はこの神秘性を帯びた恋愛にだんだんプライドを持って来た。

それに関係があるのかないのか判らないが、復一の金魚に対する考えが全然変って行き、ねろりとして、人も無げに、無限をぱくぱく食べて、ふんわり見えて、どこへでも生の重点を都合よくすいすい置き換え、真の意味の逞ましさを知らん顔をして働かして行く、非現実的であり乍ら「生命」そのものである姿をつくづく金魚に見るようになった。復一は「はてな」と思った。彼は子供のときから青年期まで金魚屋に育って、金魚は朝、昼、晩、見飽きるほど見たのだが、蛍の屑ほどにも思わなかった。小さいかっぱ虫に鈍くも腹に穴を開けられて、青みどろの水の中を勝手に引っぱられて行く、脆《もろ》いだらしのない赤い小布の散らばったものを金魚だと思っていた。七つ八つの小池に、ほとんどうっちゃり飼いにされながら、毎年、池の面が散り紅葉で盛り上るように殖えて、種の系統を努めながら、剰った魚でたいして生活力がありそうもない復一親子三人を兎も角養って来た駄金魚を、何か実用的な木っ葉か何かのように思っていた。

もっとも復一の養父は中年ものだけに、あまり上等の金魚は飼育出来なかった。せいぜい五六年の緋鮒《ひぶな》ぐらいが高価品で、全くの駄金魚屋だった。この試験所へ来て復一は見本に飼われてある美術品の金魚の種類を大体知った。蘭鋳、和蘭獅子頭《オランダししがしら》はもちろんとして、出目蘭鋳、頂天眼《ちょうてんがん》、秋錦、朱文錦《しゅぶんきん》、全蘭子、キャリコ、東錦、——それに十八世紀、ワシントン水産局の池で発生してむこうの学者が苦心の結果、型を固定させたという由緒付の米国生れの金魚、コメット・ゴールドフィッシュさえ備えられてあった。この魚は金魚よりむしろ闘魚に似て活潑だった。これ等の豊富な標本魚は、みな復一の保管の下に置かれ、毎日昼前に復一がやる餌を待った。

水を更《か》えてやると気持よさそうに、日を透けて着色する長い虹のような脱糞をした。

研究が進んで来ると復一は、試験所の研究室と曲もの細工屋の離の住家とを黙々として往復する以外は、だんだん引籠り勝ちになった。復一が引籠り勝ちになると湖畔の娘からは却って誘い出しが激しくなった。

娘は半里ほど湖上を渡って行く、城のある出崎の蔭に浮網《うきあみ》がしじゅう干してある白壁の蔵を据えた魚漁家の娘だった。

この大きな魚漁家の娘の秀江は、疳高《かんだか》でトリックの煩《わずら》わしい一面と、関西式の真綿のようにねばる女性の強みを持っていた。

試験所から依頼されているのだが、湖から珍らしい魚が漁れても、受取りの係である復一は秀江の家へ近頃はちっとも来ないのである。そして代りの学生が来る。秀江はどうせ復一を、末始終《すえしじゅう》まで素直な愛人とは思っていなかった。いよいよ男の我儘が始まったか、それとも、何か他の事情かと判断を繰り返しながら、いろいろ探りを入れるのであった。幹事である兄に勧めて青年漁業講習会の講師に復一を指名して出崎の村へ二三日ばかり呼び寄せようとしてみたり、兄の子を唆《そその》かして、あどけない葉書を復一に送らせ、その返事振りから間接に復一の心境を探ろうとしたりした。彼女自身手紙を出したり、電話をかけても、復一から実のある返事が得られそうな期待は薄くなった。彼女は兄夫婦の家の家政婦の役を引受けて、相当に切廻していた。彼女と復一との噂は湖畔に事実以上に拡っているので、試験所の界隈へは寄りつけなかった。

「東京を出てからもう二年目の秋だな」

復一は、鏡のように凪《な》いだ夕暮前の湖面を見渡しながら、モーターボートの纜《ともづな》を解いた。対岸の平沙の上にM山が突兀《とっこつ》として富士型に聳《そび》え、見詰めても、もう眼が痛くならない光の落ちついた夕陽が、銅の襖《ふすま》の引手のようにくっきりと重々しくかかっている。エンジンを入れてボートを湖面に滑り出さすと、鶺鴒《せきれい》の尾のように船あとを長くひき、ピストンの鼓動は気のひけるほど山水の平静を破った。

復一の舟が海水浴場のある対岸の平沙の鼻に近づくと湖は三叉の方向に展開しているのが眺め渡された。左手は一番広くて袋なりに水は奥へ行くほど薄れた懐を拡げ、微紅の夕靄は一層水面の面積を広く見せた。右手は、蘆《あし》の洲の上に漁家の見える台地で、湖の他方の岐入と、湖水の唯一の吐け口のS川の根元とを分っている。S川には汽車の鉄橋と、人馬の渡る木造の橋とが重なり合って眺められ、汽車が煙を吐きながら鉄橋を通ると、すべての景色が玩具染みて見えた。

復一は、平沙の鼻の渚近くにボートを進ませたが、そこは夕方にしては珍らしく風当りが激しくて海のように菱波が立ち、はすの魚がしきりに飛んだ。風を除けて、湖の岐入の方へ流れ入ると、出崎の城の天主閣が松林の蔭から覗き出した。秀江の村の網手の影が眼界に浮び上って来たのである。結局、いつもの通り、湖の岐入とS川との境の台地下へボートを引戻し、蘆洲の外の馴染の場所に舶《と》めて、復一は湖の夕暮に孤独を楽しもうとした。

復一はボートの中へ仰向《あおむ》けに臥《ね》そべった。空の肌質《きじ》はいつの間にか夕日の余燼《ほとぼり》を冷まして磨いた銅鉄色に冴《さ》えかかっていた。表面に削り出しのような軽く捲く紅いろの薄雲が一面に散っていて、空の肌質がすっかり刀色に冴えかえる時分を合図のようにして、それ等の雲は却って雲母《うんも》色に冴えかえって来た。復一はふと首を擡《もた》げてみると、まん丸の月がO市の上に出ていた。それに対してO市の町の灯の列はどす赤く、その腰を屏風のように背後の南へ拡がるじぐざぐの屛嶺《へいれい》は墨色へ幼稚な皺《しわ》を険立たしている。

対岸の渚の浪の音が静まって、ぴちょりぴょんという、水中から水の盛り上る音が復一の耳になつかしく聞えた。湖水の茲《ここ》は、淵の水底からどういう加減か清水が湧き出し、水が水を水面へ擡げる渦が休みなく捲き上り八方へ散っている。湖水中での良質の水が汲まれるというので茲を「もくもく」と云い、京洛の茶人はわざわざ自動車で水を汲ませに寄越す。情死するため投身した男女があったが、どうしても浮き上って死ねなかったという。いろいろな特色から有名な場所になっている。

この周囲の泥沙は柳の多いところで、復一は金魚に卵を産みつけさせる柳のひげ根を摂りに来て此処《ここ》を発見した。

「生命感は金魚に、恋のあわれは真佐子に、肉体の馴染みは秀江に。よくもまあ、おれの存在は器用に分裂したものだ」

もくもくの水の湧き上る渦の音を聞いて復一の孤独が一層批判の焦点を絞り縮めて来た。

復一は半醒半睡の朦朧《もうろう》状態で、仰向けに寝ていた。朦朧とした写真の乾板色の意識の板面に、真佐子の白い顔が大きく煙る眼だけをつけてぽっかり現れたり、金魚の鰭だけが嬌艶な黒斑を振り乱して宙に舞ったり、秀江の肉体の一部が嗜味をそそる食品のように、なまなましく見えたりした。これ等は互い違いに執拗《しつこ》く明滅を繰り返すが、その間にいくつもの意味にならない物の形や、不必要に突き詰めて行くあだな考えや、ときどきぱっと眼を空に開かせるほど、光るものを心にさしつける恐迫観念などが忙しく去来して、復一の頭をほどよく疲らして行った。

いつか復一の身体は左へ横向きにずった。そして傾いたボートの船縁からすれすれに、蒼冥《そうめい》と暮れた宵色の湖面が覗かれた。宵色の中に当って平沙の渚に、夜になるほど再び捲き起るらしい白浪が、遠近の距離感を外れて、ざーっざーっと鳴る音と共に、復一の醒めてまた睡りに入る意識の手前になり先になりして、明暗の界のも一つの仲間の世界に復一を置く。すると、復一の朦朧とした乾板色の意識が向うの宵色なのか、向うの宵色の景色が復一の意識なのか不明瞭となり、不明瞭のままに、澱《よど》み定まって、そこには何でも自由に望みのものが生れそうな力を孕《はら》んだ楽しい気分が充ちて来た。復一の何ものにも捉われない心は、夢うつつに考え始めた――希臘《ギリシア》の神話に出て来る半神半人の生ものなぞというものは、あれは思想だけではない、本当に在るものだ。現在でもこの世に生きているとも云える。現実に住み飽きてしまったり、現実の粗暴野卑に愛憎をつかしたり、あまりに精神の肌質《きめ》のこまかいため、現実から追い捲くられたりした生きものであって、死ぬには、まだ生命力があり過ぎる。さればといって、神や天上の人になるには稚気があって生活に未練を持つ。そういう生きものが、この世界のところどころに悠々と遊んでいるのではあるまいか。真佐子といい撩乱《りょうらん》な金魚といい生命の故郷はそういう世界に在って、そして、顔だけ現実の世界に出しているのではないかしらん。そうでなければ、あんな現実でも理想でもない、中間的の美しい顔をして悠々と世の中に生きていられる筈はない。そういえば真佐子にしろ金魚にしろ、あのぽっかり眼を開いて、いつも朝の寝起きのような無防禦の顔つきには、どこか現実を下目に見くだして、超人的に批判している諷刺的な平明がマスクしているのではないか……。復一はまたしても真佐子に遇《あ》い度《た》くて堪らなくなった。

浪の音がやや高くなって、中天に冴えて来た月光を含む水煙がほの白く立ち籠めかかった湖面に一艘の船の影が宙釣りのように浮び出して来た。艫《ろ》の音が聞えるから夢ではない。近寄って艫を漕ぐ女の姿が見えて来た。いよいよ近く漕ぎ寄って来た。片手を挙げて髪のほつれを掻き上げる仕草が見える。途端に振り上げた顔を月光で検《あらた》める。秀江だ。復一は見るべからざるものを見まいとするように、急いで眼を瞑《つむ》った。

女の船の舳は復一のボートの腹を擦《こす》った。

「あら、寝てらっしゃるの」

「……」

「寝てんの？」

漕ぎ寄せた女は、しばらく息を詰めて復一のその寝顔を見守っていた。

「うちの船が二三艘帰って来て、あなたが一人でもくもくへ月見にモーターで入らしってるというのよ。だから押しかけて来たわ」

「それはいい。僕は君にとても会いたかった」

女は突然愛想よく云われたのでそれを却って皮肉にとった。

「なにを寝言いってらっしゃるの。そんないやがらせ云ったって、素直に私帰りませんけれど、もし寝言のふりしてあたしを胡麻化《ごまか》すつもりなら、はっきりお断りしときますが、どうせあたしはね。東京の磨いたお嬢さんとは全然較べものにはならない田舎の漁師の娘の……」

「馬鹿、黙り給え！」

復一は身じろぎもせず、元の仰向けの姿勢のままで叫んだ。その声が水にひびいて厳しく聞えたので女はぴくりとした。

「僕は君のように皮肉の巧い女は嫌いだ。そんなこと喋《しゃべ》りに来たのなら帰り給え」

恥辱と嫉妬で身を慄《ふる》わす女の様子が瞑目している復一にも感じられた。

噎《むせ》ぶのを堪え、涙を飲み落す秀江のけはい――案外、早くそれが納って、船端で水を掬《すく》う音がした。復一はわざと瞳の焦点を外しながらちょっと女の様子を覗きすぐにまた眼を閉じた。月の光をたよりに女は、静かに泣顔をハンドミラーで繕《つくろ》っていた。熱いものが飛竜のように復一の胸を斜に飛び過ぎたが心に真佐子を念《おも》うと、再び美しい朦朧の意識が紅靄のように彼を包んだ。秀江は思い返したように船べりへ手を置いて、今までのとげとげしい調子をねばるような笑いに代えて柔く云った。

「ボートへ入ってもいいの」

「……うん……」

復一に突然こんな感情が湧いた――誰も不如意で悲しいのだ。持ってるようでも何かしら欠けている。欲しいもの全部は誰も持ち得ないのだ。そして誰でも寂しいのだ――復一は誰に対しても自分に対しても憐みに堪えないような気持ちになった。

名 月 や 湖 水 を 渡 る 七 小 町

これは芭蕉の句であったろうか――はっきり判らないがこんなことを云いながら、復一の腕は伸びて、秀江の肩にかかった。秀江は軟体動物のように、復一の好むどんな無理な姿態にも堪えて引寄せられて行った。

復一はそれとない音信を時々真佐子に出してみるのであった。湖水の景色の絵葉書に、この綺麗な水で襯衣《シャツ》を洗うとか、島の絵葉書にこの有名な島へ行く渡船に渡し賃が二銭足りなくて宿から借りたとか。

すると三度か四度目に一度ぐらいの割で、真佐子から返信があった。それはいよいよ窈渺《ようびょう》たるものであった。

「この頃はお友達の詩人の藤村女史に来て貰って、バロック時代の服飾の研究を始めた」とか「日本のバロック時代の天才彫刻家左甚五郎作の眠り猫を見に日光へ藤村女史と行きました。とても、可愛らしい」とか。

いよいよ彼女は現実を遊離する徴候を歴然と示して来た。

復一はそのバロック時代なるものを知らないので、試験所の図書室で百科辞典を調べて見た。それは欧洲文芸復興期の人性主義《ヒューマニズム》が自然性からだんだん剝離《はくり》して人間業《わざ》だけが昇華を遂げ、哀れな人工だけの絢爛《けんらん》が造花のように咲き乱れた十七世紀の時代様式らしい。そしてふと考え合せてみると、復一がぽつぽつ調べかけている金魚史の上では、初めて日本へ金魚が輸入され愛玩され始めた元和あたりがちょうどそれに当っている。すると金魚というものはバロック時代的産物で、とにも角にも、彼女と金魚とは切っても切れない縁があるのか。

彼女を非時代的な偶像型の女と今更憐みや軽蔑を感じながら、復一はまた急に焦《あせ》り出し、彼女の超越を突き崩して、彼女を現実に誘い出し、彼女の肉情と自分の肉情と、血で結び付き度い願いが、むらむらと燃え上る。それは幾度となく企ててその度にうやむやに終らされている願いなのか知れないけれども、燃え上る度に復一を新鮮な情熱に充たさせ、思い止まらすべくもないのだった。

「生理的から云っても、生活的からいっても異性の肉体というものは嘉称《かしょう》すべきものですね。いま、僕に湖畔の一人の女性が、うやうやしくそれを捧げています」

復一は自分ながら嫌味な書きぶりだと思ったが仕方がなかった。そして事実はわずかの間で打ち切った秀江との交渉が、今は殆ど絶え絶えになっているのを誇張して手紙を書きながら、復一はいよいよ真剣に彼女との戦闘を開始したように感じられて、ひとりで興奮した。真佐子に少しでもある女の要素が、何と返事を書いて来るにしろ、その中に仄《ほの》めかないことはあるまい。これが真佐子の父親に知れ、よしんば学費が途絶えるにしても真佐子を試すことは今は金魚の研究より復一には焦慮すべき問題であった。

「その女性は、あなたほど美しくはないけれども、……」と書いて、「あなたほど非人情ではありません」と書き兼ね、復一は苦笑した。

だんだん刺戟を強くして行って復一はしきりに秀江との関係を手紙の度に情緒濃く匂わして行ったが、真佐子からの返事には復一の求めている女性の肉体らしいものは仄めかないで、真佐子が父と共にだんだん金魚に興味を持ち出したこと、父のは産業的功利も混るが、自分のは不思議なほど無我の嗜好や愛感からであることなど、金魚のことばかり書いてある。金魚の研究を怠らなければ復一が何をしようとどんな女性と交渉があろうと構わない書きぶりだった。復一がだんだん真佐子に対する感情をはぐらかされてほとほと性根もつきようとするころ真佐子から来た手紙はこうだった。

「あなたはいろいろ打ち明けて下さるのに私だまってて済みませんでした。私もう直《じ》きあかんぼを生みます。それから結婚します。すこし、前後の順序は狂ったようだけれど。どっちしたって、そうパッショネートなものじゃありません」

復一はむしろ呆然として仕舞った。結局、生れながらに自分等のコースより上空を軽々と行く女だ。

「相手はご存じの三人の青年のうちの誰でもありません。もうすこしアッサリしていて、不親切や害をする質の男ではなさそうです。私にはそれで沢山です」

復一は、またしても、自分のこせこせしたトリックの多い才子肌が、無駄なものに顧みられた。この太い線一本で生きて行かれる女が現代にもあると思うと却って彼女にモダニティーさえ感じた。

「何という事はないけれど、あなたもその方と結婚した方がよくはなくって。自分が結婚するとなると、人にも勧めたくなるものよ。けれども金魚は一生懸命やってよ。素晴らしい、見ていると何も彼も忘れてうっとりするような新種を作ってよ。わたし何故だかわたしの生むあかんぼよりあなたの研究から生れる新種の金魚を見るのが楽しみなくらいよ。わたし、父にすすめていよいよ金魚に力を入れるよう決心したわ」

これと前後して鼎造の手紙が復一に届いた。それには、正直に恐慌以来の自家の財政の遣《や》り繰《く》りを述べ、しかし、断然たる切り捨てによって小ぢんまりした陣形を立直すことが出来、従って今後は輸出産業の見込み百パーセントの金魚の飼育と販売に全資力を尽す方針を冷静に書いてあった。だから君は今後は単なる道楽の給費生ではなくて、商会の技師格として、事業の目的に隷属して働いて貰い度い、給料として送金は増すことにする――

復一は生活の見込が安定したというよりも、崖邸の奴等め、親子がかりで、おれを食いにかかったなと、むやみに反抗的の気持ちになった。

復一は真佐子へも真佐子の父へも手紙の返事を出さず、金魚の研究も一時すっかり放擲《ほうてき》して、京洛を茫然と遊び廻った。だが一ヶ月程して帰って来た時にはすでに復一の心に或る覚悟が決っていた。それはまだこの世の中に曾《かつ》て存在しなかったような珍らしく美麗な金魚の新種をつくり出すこと、それを生涯の事業としてかかる自分を人知れぬ悲壮な幸福を持つ男とし、神秘な運命に掴まれた無名の英雄のように思い、命を賭けてもやり切ろうという覚悟だった。それが結局崖邸の親子に利用されることになるのか――さもあらばあれ、それが到底自分にとって思い切れ無い真佐子の喜びともなれば、その喜びが真佐子と自分を共通に繋ぐ……。それにしてもあの非現実的な美女が非現実的な美魚に牽《ひ》かれる不思議さ、あわれさ。復一は試験室の窓から飴のようにとろりとしている春の湖を眺めながら、子供のとき真佐子に喰わされた桜の花びらが上顎の奥にまだ貼り付いているような記憶を舌で舐め返した。「真佐子、真佐子」と名を呼ぶと、復一は自分ながらおかしいほどセンチメンタルな涙がこぼれた。

復一の神経衰弱が嵩《こう》じて、すこし、おかしくなって来たという噂が高まった。事実、しんしんと更《ふ》けた深夜の研究室にただ一人残って標品《プレパラート》を作っている復一の姿は物凄かった。辺りが森閑と暗い研究室の中で復一は自分のテーブルの上にだけ電燈を点けて次から次へと金魚を縦に割き、輪切にし、切り刻んで取り出した臓器を一面に撒乱させ、じっと拡大鏡で覗いたり、ピンセットでいじり廻したりして深夜に至るも、夜を忘れた一心不乱の態度が、何か夜の猛禽獣が餌を予想外に沢山見付け、喰べるのも忘れて、暫く弄《もてあそ》ぶ恰好に似ていた。切られた金魚の首は電燈の光に明るく透けてルビーのように光る目を見開き、口を思い出したように時々開閉していた。

都会育ちで、刺戟に応じて智能が多方面に働き易く習性付けられた青年の復一が、専門の中でも専門の、しかも、根気と単調に堪えねばならない金魚の遺伝と生殖に関してだけを研究することは自分の才能を、小さい焦点へ絞り狭めるだけでも人一倍骨が折れた。頬も眼も窪ませた復一は、力も尽き果てたと思うとき、くったりして窓際へ行き、そこに並べてある硝子《ガラス》鉢の一つの覆いに手をかける。指先は冷血していて氷のようなのに、溜った興奮がびりびり指を纏《もつら》して慄えている。やっと覆いを取ると、眼を開いたまま寝ていた小石の上の金魚中での名品キャリコは電燈の光に、眼を開いたまま眼を醒して、一ところに固っていた二ひきが悠揚と連れになったり、離れたりして游弋《ゆうよく》し出す。身長身幅より三四倍もある尾鰭は黒いまだらの星のある薄絹の領巾《ひれ》や裳を振り撒き拡げて、暫くは身体も頭も見えない。やがてその中から小肥りの仏蘭西《フランス》美人のような、天平《てんぴょう》の娘子のようにおっとりして雄大な、丸い胴と蛾《が》眉を描いてやりたい眼と口とがぽっかりと現れて来る。

二三年前、O市に水産共進会があって、その際、金牌《きんぱい》を獲ち得たこの金魚の名品が試験所に寄附されて、大事に育てられているのだ。すでに七八歳になっているので、ちょっと中年を過ぎた落付きを持っているので、その魅力は垢脱けがしていた。

暫く眺め入った後、復一は硝子鉢に元のように覆いをして、それから自分のもとの席に戻るとき、いまキャリコのしたと同じ身体の捻り方を、しきりに繰返す。人に訊かれると彼は笑って「金魚運動」と説明して、その健康法の功徳を吹聴するが、この際、復一がそれをするとき、復一にはもっと秘《ひそ》んでいる内容的の力が精神肉体に恢復して来るのであった。復一はそれを決して誰にも説明しなかった。

とにかく、深夜に、人が魚と同じリズムの動作のくねらせ方をするので、とても薄気味が悪かった。宿直の小使がいった。

「私が室に入るときだけは、あれ、やめて下さい。へんな気持ちになりますから」

復一は関西での金魚の飼育地で有名な奈良大阪府県下を視察に廻った。奈良県下の郡山はわけて昔から金魚飼育の盛んな土地で、それは小藩の関係から貧しい藩士の収入を補わせるため、藩士だけに金魚飼育の特権を与えて、保護奨励したためであった。この菜の花の平野に囲まれた清艶な小都市に、復一は滞在して、いろいろ専門学上の参考になる実地の経験を得たが、特に彼の心に響いたものは、この郡山の金魚は宝永年間にすでに新種を拵えかけていて、以後屢々《しばしば》秀逸の魚を出しかけた気配が記録によって覗えることとである。そして、そこに孕《はら》まれた金魚に望むところの人間の美の理想を、推理の延長によって、計って見るのに、ほぼ大正時代に完成されている名魚たちに近い図が想定された。とはいえ、まだまだ現代の金魚は不完全であるほど昔の人間は美しい撩乱をこの魚に望んでいることが、復一に考えられた。世は移り人は幾代も変っている。しかし、金魚は、この喰べられもしない観賞魚は、幾分の変遷を、たった一つのか弱い美の力で切り抜けながら、どうなりこうなり自己完成の目的に近づいて来た。これを想うに人が金魚を作って行くのではなく、金魚自身の目的が、人間の美に牽かれる一番弱い本能を誘惑し利用して、着々、目的のコースを進めつつあるように考えられる。逞ましい金魚――そう気づくと復一は一種の征服慾さえ加っていよいよ金魚に執着して行った。

夏中、視察に歩いて、復一が湖畔の宿へ落付いた半ヶ月目、関東の大震災が報ぜられた。復一は始めはそれほどとも思わなかった。次に、これはよほど酷《ひど》いと思うようになった。山の手は助ったことが判ったが、とに角惨澹《さんたん》たる東京の被害実状が次々に報ぜられた。復一は一応東京へ帰ろうかと問い合せた。

「ソレニハオヨバヌ」という返電が、漸《ようや》く十日程経って来て、復一はやっと安心した。

鼎造から金魚に関する事務的の命令やら照会やらが復一へ頻々《ひんぴん》と来だした。

復一が、こういう災害の時期に、金魚のような遊戯的のものには、もう、人は振り向かないだろうと、心配して問合せてやると、鼎造からこう云って来た。

「古老の話によると、旧幕以来、こういう災害のあとには金魚は必ず売れたものである。荒びすさんだ焼跡の仮小屋の慰藉《いしゃ》になるものは金魚以外にはない。東京の金魚業一同は踏み止まって倍層商売を建て直すことに決心した」

これは商売人一流の誇張に過ぎた文面かと、復一は多少疑っていたが、そうでもなかった。二割方の値上げをして売出した金魚は、忽《たちま》ち更に二割の値上げをしても需要に応じ切れなくなった。

下町方面の養魚池は殆ど全滅したが、山の手は助かった。それに関西地方から移入が出来るので、金魚そのものには不自由しなかったが、金魚桶の焼失は大打撃であった。持ち合せているものはこれを仲間に分配し、人を諸方に出して急造させた。関西方面からの移入、桶の註文、そんな用事で、復一は尚暫らく関西にとどまらなければならなかった。

漸く、鼎造から呼び戻されて、四年振りで復一は東京に帰ることが出来た。論文は遂に完成しなかった。復一よりも単純な研究で定期間に済んだ同期生たちは半年前の秋に論文が通過して、試験所研究生終了の証書を貰ってそれぞれ約定済の任地へ就職して行った。彼は、鼎造にしばらく帰京の猶予《ゆうよ》を乞うて、論文を纏《まと》めれば纏められないこともなかったが、そんな小さくまとまった成功が今の自分の気持ちに、何の関係があるかと蔑《さげす》まれた。早くわが池で、わが腕で、真佐子に似た撩乱の金魚を一ぴきでも創り出して、凱歌を奏したい。これこそ今、彼の人生に残っている唯一の希望だ、――彼が初め、いままでの世になかった美麗な金魚の新種を造り出す覚悟をしたのは、ひたすら真佐子の望みのために実現しようとした覚悟であった。だが年月の推移につれ研究の進むにつれ、彼の心理も変って行った。彼は到底現実の真佐子を得られない代償として殆ど真佐子を髣髴《ほうふつ》させる美魚を創造仕度《した》いという意慾がむしろ初めの覚悟に勝って来た。縹渺とした真佐子の美——それは豊麗な金魚の美によって髣髴するよりほかの何物によってもなし得ない。今や復一の研究とその効果の実現はますます彼の必死な生命的事業となって来ていたのである。

それを想うとき、彼は疲れ切って夜中の寝床に横わりながらでも闇の中に爛々と光る眼を閉じることが出来なかった。

「馬鹿だよ、君。君の研究を論文にでも纏めれば世界的に金魚学者たちの参考になるんだからなあ——」

まだ未練気にそう云ってる不機嫌の教授に訣れを告げて、復一は中途退学の形で東京に帰った。未完成の草稿を焼き捨てるとか、湖中へ沈めるとかいう考えも浮ばないではなかったが、それほど華やかな芝居気さえなくなっていて、ただ反古《ほご》より、多少惜しいぐらいの気持ちで、草稿は鞄の中へ入れて持ち帰った。

地震の翌年の春なので、東京の下町はまだ酷かったが、山の手は昔に変りはなかった。谷窪の家には、湧き水の出場所が少し変ったというので棕梠縄の綳帯をした竹樋で池の水の遣《や》り繰《く》りをしてあった。

帰宅と帰任とを兼ねたような挨拶をしに、復一は崖を上って崖邸の家を訊ねた。

鼎造は復一が関西からの金魚輸送の労を謝した後云った。

「実は、調子に乗って鯉と鰻《うなぎ》の養殖にも手を出しかけているんだが、人任せでうまく行かないんだ。同じ淡水産のものだからそう違うまい。君に一つその方の面倒を見て貰おうか。この方が成功すれば、金魚と違って食糧品だから販路はすばらしく大きいのだ」

もちろん復一は言下に断った。

「だめですね。詩を作るものに田を作れというようなもんです。そればかりでなく、お願いして置きますが、僕には最高級の金魚を作る専門の方をやらせて下さい。これなら、命と取り換えっこのつもりでやりますから」

「僕は家内も要らなければ、子孫を遺す気もありません。素晴らしく豊麗な金魚の新種を創り出す——これが僕の終生の望みです。見込み違いのものに金をつぎ込んだと思われたら、非常にお気の毒ですが」

復一の気勢を見て、動かすべからざることを悟った鼎造は、もう頭を次に働かせて、彼のこの執着をまた商売に利用する手段もないことはあるまいと思い返した。

「面白い。やり給え。君が満足するものが出来るまで、僕も、催促せずに待つことにしよう」

鼎造自身も、自分の豪放らしい言葉に、久し振りに英雄的な気分になれたらしく、上機嫌になって、晩めしを一しょに喰い度いけれども、外せぬ用事があるからと断って、真佐子と婿に代理をさせようと、女中に呼びにやらして、自分は出て行った。

復一に、何となく息の詰まる数分があって、やがて、応接間のドアが半分開かれ、案外はにかんだ顔の真佐子が、斜に上半身を現した。

「しばらく」

そして、容易には中に入って来なかった。復一は永い間渇《かつ》していた好みのものは、見ただけで満足されるという康《やす》らいだ溜息がひとりでに吐かれるのを自分で感じ、無条件に笑顔を取り交わし度い、孤独の寂しさがつき上げて来たが、何ものかがそれをさせなかった。それをしたら、即座に彼女の魅力の膝下に踏まえられて、折角、固持して来た覚悟を苦もなく渫《さら》って行かれそうな予感が彼を警戒さしたのであろう。彼の意地はむしろ彼女の思いがけない弱気を示した態度につけ込んで、出来るだけの強味と素気なさを見せていようと度胸を極めた。彼は苦労した年嵩《としかさ》の男性の威を力み出すようにして「お入りなさい。なぜ入らないのです」といった。

彼女は子供らしく、一度ちょっとドアの蔭へ顔を引込ませ、今度改めてドアを公式に開けて入って来たときは、胸は昔の如く張り、据《すわ》り方にゆるぎのない頸つき、昔のように縹渺とした顔の唇には蜂蜜ほどの甘みのある片笑いで、やや尻下りの大きな眼を正眼に煙らせて来た。眉だけは時代風に濃く描いていた。復一はもう伏眼勝になって、気合い負けを感じ、寂しく孤独の殻の中に引込まねばならなかった。

「しばらく、ずいぶん痩せたわね」

しかし、彼女は云うほど復一を丁寧に観察したのでもなかった。

「ええ。苦労しましたからね」

「そう。でも苦労するのは薬ですってよ」

それからしばらく話は地震のことや、復一のいた湖の話に外《そ》れた。

「金魚、いいの出来た？」

これに返事することは、今のところいろいろの事情から、復一には困難だった。勇気を起して復一は逆襲した。

「お婿さん、どうです」

「別に」

彼女はちょっと窓から、母屋の縁外の木の茂みを覗って
「いま、いないのよ。バスケットボールが好きで、YMCAへ行って、お夕飯ぎりぎりでなきゃ帰って来ないの、ほほほ」

子供のように夫を見做《みな》しているような彼女の口振りに、夫を愛していないとも受取れない判断を下すことは、復一に取ってとても苦痛だった。進んで子供のことなぞ訊けなかった。

「ご紹介してもあなたには興味のないらしい人よ」

それは本当だと思った。自分の偶像であるこの女を欠き砕かない夫ならそれで充分としなければならない。その程度の夫なら、むしろ持っていて呉れる方が、自分は安心するかも知れない。

「ときどきものを送って下さって有難う」

「これは湖のそばで出来た陶ものです」

復一は紙包を置いて立ち上った。

「まあ、お気の毒ね。復一さんが帰ってらして私も心強くなりますわよ」

復一は逢って見れば平凡な彼女に力抜けを感じた。どうして自分が、あんな女に全生涯までも影響されるのかと、不思議に感じた。薄暗くなりかけの崖の道を下りかけていると、晩鶯が鳴き、山吹がほろほろと散った。復一はまたしてもこどもの時真佐子の浴せた顎の裏の桜の花びらを想い起し、思わずそこへ舌の尖《さき》をやった。何であろうと自分は彼女を愛しているのだ。その愛はあまりに惑《まど》って宙に浮いてしまってるのだ。今更、彼女に向けて露骨に投げかけられるものでもなし、さればと云って胸に秘め籠めて置くにも置かれなくなっている。やっぱり手慣れた生きものの金魚で彼女を作るより仕方がない。復一はそこからはるばる眼の下に見える谷窪の池を見下して、奇矯な勇気を奮い起した。

谷窪の家の庭にささやかながらも、コンクリート建ての研究室が出来、新式の飼育のプールが出来てみれば、復一には楽しくないこともなかった。彼は親類や友人づきあいもせず一心不乱に立て籠った。崖屋敷の人達にも研究を遂げる日までなるべく足を向けて貰わぬようそれとなく断って置いた。

「表面に埋もれて、髄のいのちに喰い込んで行く」

そういう実の入った感じが無いでもなかった。自分の愛人を自分の手で創造する……それはまたこの世に美しく生れ出る新らしい星だ……この事は世界の誰も知らないのだ。彼は寂しい狭い感慨に耽《ふけ》った。彼は郡山の古道具屋で見付けた「神魚華鬘《けまん》之図」を額縁に入れて壁に釣りかけ、縁側に椅子を出して、そこから眺めた。初夏の風がそよそよと彼を吹いた。青葉の揮発性の匂いがした。ふと彼は湖畔の試験所に飼われてある中老美人のキャリコを新らしい飼手がうまく養っているかが気になった。

「あんな旧《ふる》いものは見殺しにするほどの度胸がなければ、新しいものを創生する大業は仕了《しお》わせられるものではない」

序《ついで》にちらりと秀江の姿が浮んだ。

彼はわざとキャリコが粗腐病にかかって、身体が錆《さび》だらけになり、喘《あえ》ぐことさえ出来なくなって水面に臭く浮いている姿を想像した。序にそれが秀江の姿でもあることを想像した。すると熱いものが脊髄の両側を駆け上って、喉元を切なく衝《つ》き上げて来る。彼は唇を嚙んでそれを顎の辺で喰い止めた。

「おれは平気だ」と云った。

その歳は金魚の交媒には多少季遅れであり、まだ、プールの灰汁《あく》もよく脱けていないので、産卵は思いとどまり、復一は親魚の詮索にかかった。彼は東京中の飼育商や、素人飼育家を隈なく尋ねた。覗《ねら》った魚は相手が手離さなかった。すると彼は毒口を吐いてその金魚を罵倒《ばとう》するのであった。

「復一ぐらい嫌な奴はない。あいつはタガメだ」

こういう評判が金魚家仲間に立った。タガメは金魚に取付くのに兇暴性を持つ害虫である。そんなことを云われながらも彼はどうやらこうやら、その姉妹魚の方をでも手に入れて来るのであった。彼の信じて立てた方針では、完成文化魚のキャリコとか秋錦とかにもう一つ異種の交媒の拍車をかけて理想魚を作る心算《つもり》だった。

翌年の花どきが来て、雄魚たちの胸鰭を中心に交尾期を現す追星が春の宵空のように潤った目を開いた。すると魚たちの「性」は、己に堪えないような素振りを魚たちにさせる。艦隊のように魚以上の堂々とした隊列で游弋《ゆうよく》し、また闘鶏のように互いに瞬間を鋭く啄《つつ》き合う。身体に燃えるぬめりを水で扱《こ》き取ろうとして異様に翻《ひるがえ》り、翻り、飜る。意志に礙って肉情は殆どその方へ融通して仕舞った木人のような復一はこれを見るとどうやらほんのり世の中にいろ気を感じ、珍らしく独りでぶらぶら六本木の夜町へ散歩に出たり、晩飯の膳にビールを一本註文したりするのだった。

それを運んできた養母のお常は

「あたしたちももう隠居したのだから、早くお前さんにお嫁さんを貰って、本当の楽をしたいものだね」世間並に結婚を督促した。

「僕の家内は金魚ですよ」

酔いに紛《まぎ》れて、そういう人事には楔《くさび》をうって置く積りで、復一はこういうと、養母は

「まさか――おまえさんは一たい子供のときから金魚は大して好きでなかった筈だよ」と云った。

養父の宗十郎はこの頃擡頭した古典復活の気運に唆《そそ》られて、再び萩江節の師匠に戻り度がり、四十年振りだという述懐を前触れにして三味線のばちを取り上げた。

萩江節

松はつらいとな、人毎に、皆いは根の松よ。おおまだ歳若な、ああ姫小松。なんぼ花ある、梅、桃、桜。一木ざかりの八重一重……。

復一にはうまいのかまずいのか判らなかったが、連翹《れんぎょう》の花を距てた母屋から聴える

のびやかな鋤嘆声を聴くと、執着の流れを覚束なく棹さす一箇の人間が沁々憐れに思えた。

　養父はふだん相変らず、駄金魚を牧草のように作っていたが、出来たものは鼎造の商会が買上げて呉れるので販売は骨折らずに済んだ。だが

「とても廉《やす》く仕切るので、素人の商売人には敵《かな》わないよ。復一、お前は鼎造に気に入っているのだから、代りにたんまりふんだくれ」

と宗十郎はこぼしていった。そして多額の研究費を復一の代理になって鼎造から取って来て痛快がっていた。

　復一は親達が何を云っても黙って聞き流しながらせっせとプールの水を更えた。別別に置いてある雄魚と雌魚とをそっと一しょにしてやった。それから湖のもくもくから遥々採って来た柳のひげ根の消毒したものを大事そうに縄に挟んで沈めた。

　空は濃青に澄み澱んで、小鳥は陽の光を水飴のように翼や背中に粘《ねば》らしている朝があった。縁側から空気の中に手を差出して見たり、頬を突き出してみたりした復一は、やがて

「風もない。よし――」といった。

　日覆いの葭簾《よしず》を三分ほどめくって、覗く隙間を拵えて待っていると、列を作った三

四の雄魚は順々に海戦の衝角突撃のようにして、一匹の雌魚を、柳のひげ根の束の中へ追い込もうとしている。雌は避けられるだけは避けて、免れようとする。何故であろうか。処女の恥辱のためであろうか。生物は本来、性の独立をいとおしむ為めか。それとも却って雄を誘うコケットリーか。遂に免れ切れなくなって、雌魚は柳のひげ根に美しい小粒の真珠のような産卵を撒き散らして逃げて行く。雄魚等は勝利の腹を閃《ひら》めかして一つ一つの産卵に電撃を与える。

気がついてみると、復一は両肘を蹲《しゃが》んだ膝頭につけて、確《きっ》く握り合せた両手の指の節を更に口にあててきつく嚙みつつ、衷心《ちゅうしん》から祈っているのであった。いかにささやかなものでも生がこの世に取り出されるということはおろそかには済まされぬことだ。復一のように厭人症にかかっているものには、生むものが人間に遠ざかった生物であるほど緊密な衝動を受けるのであった。まして、危惧を懐いていた異種の金魚と金魚が、復一のエゴイスチックの目的のために、協同して生を取り出して呉れるということは、復一にはどんなに感謝しても足りない気がした。

休養のために、雌魚と雄魚とを別々に離した。そして滋養を与えるために白身の軽い肴《さかな》を煮ていると、復一は男ながら母性の慈《いつく》しみに痩せた身体も一ぱいに膨れる気がするのであった。

しかし、その歳孵化《ふか》した仔魚は、復一の望んでいたよりも、媚び過ぎてて下品なものであった。

これを二年続けて失敗した復一は、全然出発点から計画を改めて建て直しにかかった。彼は骨組の親魚からして間違っていたことに気付いた。彼の望む美魚はどうしても童女型の稚純を胴にしてそれに絢爛《けんらん》やら媚色やらを加えねばならなかった。そして、これには原種の蘭鋳《らんちゅう》より仕立て上げる以外に、その感じの胴を持った金魚はない。復一のこころに、真佐子の子供のときの蘭鋳に似た稚純な姿が思い出された。兎《と》にも角《かく》にも真佐子に影響されていることの多い自分に、彼は久し振りに口惜しさを繰り返した。その苦痛は今では却ってなつかしかった。

しかし、彼は弱る心を奮い立たせ、一旦真佐子の影響に降伏して蘭鋳の素朴に還ろうとも、も一度彼女の現在同様の美感の程度にまで一匹の金魚を仕立て上げてしまえば、それを親魚にして、仔に仔を産ませ、それから先はたとえ遅々たりとも一歩の美をわが金魚に進むれば、一歩のわれの勝利であり、その勝利の美魚を自分に隷属させることが出来ると、強いて闘志を燃し立てた。ここのところを考えて、暫らく、忍ぶべきであると復一は考えた。復一は美事な蘭鋳の親魚を関西から取り寄せて、来るべき交媒の春を待った。蘭鋳は胴は稚純で可愛らしかった。が顔はブルドッグのように獰猛《どうもう》で、美しい縹緻《きりょう》の金魚を媒《か》けてまずその獰猛を取り除くことが肝腎だった。

崖邸にもあまり近づかない復一は真佐子の夫にもめったに逢わなかったが真佐子の夫という男は、眼は神経質に切れ上り、鼻筋が通って、ちょっと頬骨が高く男性的の人体電気の鋭そうな、美青年の紳士であった。ある日曜日の朝のうち真佐子と女の子を連れて、ロマネスクの茶亭へ来て、外字新聞を読んだりしていた。その時直ぐ下の崖の中途の汚水の溜りから金魚の餌のあかこを採って降りようとした復一がふとそこを見上げたが、復一はそれなり知らぬ振りでさっさと崖を降りて仕舞った。それを見た真佐子は其処《そこ》に夫と居ながら、二人一緒に居るのが何だかうしろめたかった。

「いいじゃないか。何故さ」

と夫は無雑作に云った。

「だって、此処《ここ》で二人並んで居るのを何処からでも見えるでしょう」

と真佐子は平らに押した。

「どうして君とおれと、ここに居るのが人に見えて悪いのかね」

夫の言葉には多少嫌味が含んでいるようだ。

「何も悪いってことありませんけど、谷窪の家の人達から見えるでしょう。あの人まだ独身なんですもの――」

「金魚の技師の復一君のことかね」

「そうです」

するとと夫はやや興奮して軽蔑的に
「君もその人と結婚したらよかったんだろう」

すると真佐子は相手の的から外れて、例の縹渺とした顔になって云った。

「あたしは、とても、縹緻好みなんですわ。夫なんかには。そうでないと一緒にご飯も喰べられないんです」

「敵《かな》わんね。君には」怒ることも笑うことも出来なくなった夫は、「さあ、お湯にでも入ろうかね」と子供を抱いて中へ入って行った。

そのあとのロマネスクの茶亭に腰掛けて真佐子は何を考えているか、常人には殆ど見当のつかない眼差しを燻《くゆ》らして、寂しい冬の日の当る麻布の台をいつまでも眺めていた。


「鯉と鰻の養殖がうまく行かないので、鼎造、この頃四苦八苦らしいよ。養魚場が金を喰い出したら大きいからね」

築けども築けども湧き水が垣の台を浮かした。県下《がけ》の半鹹《はんかん》半淡の入江の洲岸に鼎造はうっかり場所を選定してしまったのであった。その上都会に近い静岡県下の養魚場が発達して、交通の便を利用して、鯉鰻《りまん》を供給するので、鼎造の商会は産魚の販売にも苦戦を免れなかった。しかし、痛手の急性の現われは何といっても、この春財界を襲った未曾有《みぞう》の金融恐慌で、花どきの終り頃からモラトリアムが施行された。鼎造の遣り繰りの相手になっていた銀行は休業したまま再開店は覚束ないと噂された。

「復一君の研究費を何とか節約して貰えんかね、とさすが鼎造のあの黒い顔も弱味を吹いたよ」

年寄は、結局、復一の研究費は三分の一に切詰めることを鼎造に向って承知して来たにも拘《かかわ》らず、鼎造の窮迫を小気味よげに復一に話した。

それを他人事のように聞き流しながら、復一は関西から届いた蘭鋳の番《つが》いに冬越しの用意をしてやっていた。菰《こも》を厚く巻いてやるプールの中へ、差し込む薄日に短い鰭と尾を忙しく動かすと薄墨の肌からあたたかい金爛の光が眼を射て、不恰好なほどにも丸く肥えて愛くるしい魚の胴が遅々として進む。復一は生ける精分を対象に感じ、死灰の空漠を自分に感じ、何だか自分が二つに分れたもののように想えて面白い気がした。復一は久し振りに声を挙げて笑った。すると宗十郎が背中を叩いて云った。

「びっくりするじゃないか。気狂いみたいな笑い方をして、いくら暢気《のんき》なおれでも、ひやりとしたよ」

年の暮も詰ってから真佐子に二番目の女の子が生れたという話で、復一は崖上の中祠堂に真佐子の姿を見ずに年も越え、梅の咲く頃に、彼女の姿を始めて見た。また子を産んで、水を更えた後の藻の色のように彼女の美はますます澄明と絢爛を加えた。復一が研究室に額にして飾って置く神魚華鬘《けまん》の感じにさえ、彼女は近づいたと思った。今日は真佐子は午後から女詩人の藤村女史とロマネスクの休亭に来ていた。二人の女は熱心に話し合っている。枯骨《ここつ》飄々となった復一も、さすがに彼女等が何を話すか探りたかった。夕方近くあかこを取ることを装って、復一はこそこそと崖の途中の汚水の溜りまで登って、そこで蹲《うずくま》った。彼は三十前なのに大分老い晒《さら》した人のような身体つきや動作になっていた。二人の婦人が大分前から話しつづけていた問題だったらしい。けれども復一のところまではっきり聞えて来なかった。実はそこで藤村女史と真佐子との間に交されている会話の要点はこんなことなのである……真佐子が部屋をロココに装飾し更えようと提議するのに藤村女史は苦り切った間らしいものを置いて、

「四五年前にあなたがバロックに凝《こ》ったさえ、わたしは内心あんまり人工的過ぎると思って賛成しなかったのよ。まして、ロココに進むなんて一層人工的ですよ。趣味として滅亡の一歩前の美じゃなくって」

「でも、どうしてもそう仕度くって仕方がないのよ」

「真佐子さん、あなたは変ってるわね」

「そうかしら。あたしはあなたがいつかわたしのこと仰言《おつしや》ったように、実際、蒼空と

雲を眺めていて、それが海と島に思えると云った性質でしょうね」

復一はそっと庭へ降りて来て、目だたぬ様に軒伝いに夕暮近い研究室へ入った。一はそこの粗末な椅子によってじっと眼を瞑った。彼は近頃殆ど真佐子と直接逢ってはいない。今日のように真佐子が中祠堂に友人と連れ立って来ても子供や夫と来ても殆どそこで云う真佐子達の会話は聞き取れない。だが復一は遠くからでも近頃の真佐子のけはいを感じて、今は自分に托した金魚の事さえ真佐子は忘れているかも知れない、真佐子はますます非現実的な美女に気化して行くようで儚《はか》ない哀感が沁々《しみじみ》と湧くのであった。

蘭鋳から根本的に交媒を始め出した復一はおよその骨組の金魚を作るのに三年かかった。それから改めて、年々の失敗へと出立した。

「日暮れて道遠し」

復一は目的違いの金魚が出来ると、こう云った。しかし、ただ云うだけで、何の感傷も持たなかった。ただ、愈々《いよいよ》生きながら白骨化して行く自分を感じて、これではいけないとたとえ遠くからでも無理にも真佐子を眺めて敵愾心《てきがいしん》やら嫉妬やら、憎みやらを絞り出すことによって、意力にバウンドをつけた。

古池には出来損じの名金魚がかなり溜った。復一が売ることを絶対に嫌うので、宗十郎夫婦は、ぶつぶつ云いながら崖下の古池へ捨てるように餌をやっていた。宗十郎夫婦は苦笑してこの池を金魚の姥捨《うばす》て場だといっていた。

それからまた失敗の十年の月日が経った。崖の上下に多少の推移があった。鼎造は死んで、養子が崖邸の主人となり、極めて事業を切り縮めて踏襲した。主人となった夫は真佐子という美妻があるに拘らず、狆《ちん》の様な小間使に手をつけて、妾同様にしているという噂が伝わった。婿の代になって崖の上からの研究費は断たれたので、復一は全く孤立無援の研究家となった。

宗十郎は死んで一人か二人しか弟子のない萩江節教授の道路口の小門の札も外された。

真佐子は相変らず、ときどきロマネスクの休亭に姿を見せた。現実の推移はいくらか癖づいた彼女の眉の顰《ひそ》め方に魅力を増すに役立つばかりだ。愈々中年近い美人として冴え返って行く。

昭和七年の晩秋に京浜に大暴風雨があって、東京市内は坪当り三石一斗の雨量に、谷窪の大溝も溢れ出し、折角、仕立て上げた種金魚の片魚を流してしまった。

同じく十年の中秋の豪雨は坪当り一石三斗で、この時も殆ど流しかけた。

そんなことで、次の年々からは秋になると、復一は神経を焦立てていた。ちょっとした低気圧にも疳を昂ぶらせて、夜もおろおろ寝られなかった。だいぶ前から不眠症にかかって催眠剤を摂《と》らねば寝付きの悪くなっていた彼は、秋近の夜の眠のためには、愈々薬を強めねばならなかった。その夜は別に低気圧の予告もなかったのだが、夜中から始めてぼつぼつ降り出した。復一は秋口だけに、「さあ、ことだ」とベッドの中で脅えながら、何度も起き上ろうとしたが、意識が朦朧として、身体もまるで痺れているようだった。雨声が激しくなると、ぴくりとするが、その神経の脅えは薬力に和《なご》められて、却《かえ》って、直ぐその後は眠気を深めさせる。復一はベッドに仰向けに両肘を突っ張り、起き上ろうとする姿勢のまま、口と眼を半開きにして暫らく鼾《いびき》をかいていた。漸く薬力が薄らいで、復一が起き上れたのは、明け方近くだった。

雨は止んで空の雲行は早かった。鉛色の谷窪の天地に木々は濡れ傘のように重く窄《せば》まって、白い雫《しずく》をふしだらに垂らしていた。崖肌は黒く湿って、またその中に水を浸み出す砂の層が大きな横縞になっていた。崖端のロマネスクの休亭は古城塞のように視覚から遠ざかって、これ一つ周囲と調子外れに堅いものに見えた。

七つ八つの金魚は静まり返って、藻や太藺《ふとい》が風の狼藉《ろうぜき》の跡に踏みしだかれていた。耳に立つ音としては水の雫の滴《したた》る音がするばかりで、他に何の異状もないように思われた。魯鈍《ろどん》無情の鴉《からす》の声が、道路傍の住家の屋根の上に明け方の薄霧を綻《ほころ》ばして過ぎた。

大溝の水は増したが、溢れるほどでもなく、ふだんのせせらぎはなみなみと充ちた水勢に大まかな流れとなって、却って間が抜けていた。

「これなら、大したことはない」

と復一は呟きながら念のためプールの方へ赤土路をよろめく跣足《はだし》の踵《きびす》に寝まきの裾を貼り付かせ、少しだらだらと踏み下ろして行った。

プールが目に入ると、復一はひやりとして、心臓は電撃を受けたような衝動を感じた。

小径の途中の土の層から大溝の浸み水が洩れ出て、音もなく平に、プールの葭簾《よしず》を撫で落し、金網を大口にぱくりと開けてしまっている。プールに流れ入った水勢は底に当って、そこから弾き上り、四方へ流れ落ちて、プールの縁から天然の湧き井の清水のように溢れ落ちていた。

復一が覗くと、底の小石と千切《ちぎ》られた藻の根だけ鮮かに、金魚は影も形も見えなかった。

復一は赫《かっ》となって、端の綴《と》じが僅か残っている金網を怒りの足で蹴り放った。その拍子に跣足の片足を赤土に踏み滑らし、横倒しになると、坂になっている小径を滝のように流れている水勢が、骨と皮ばかりになっている復一を軽々と流し、崖下の古池の畔まで落して来た。復一は漸くそこの腐葉土のぬかるみで、危く踏み止まった。

年来理想の新種を得るのにまだまだ幾多の交媒と工夫を重ねなければならない前途暗澹たる状態であるのに、今またプールの親金魚をこの水で失くすとすれば、十四年の苦心は水の泡になって、元も子も失くしてしまう。復一は精も根も一度に尽き果て、洞窟のように黒く深まる古池の傍にへたへたと身を崩折らせ、暫く意識を喪失していた。

暫くして復一が意識を恢復して来ると、天地は薔薇色に明け放たれていて、谷窪の万象は生々の気を盆地一ぱいに薫《かお》らしている。輝く蒼空をいま漉《す》き出すように頭上の薄膜の雲は見る見る剝《は》がれつつあった。

何という新鮮で濃情な草樹の息づかいであろう。緑も樺《かば》も橙《だいだい》も黄も、その葉の茂みはおのおのその膨らみの中に強い胸を一つずつ蔵していて、溢れる生命に喘《あえ》いでいるように見える。しどろもどろの叢《くさむら》は雫の露をぷるぷる振り払いつつ張って来た乳房のような俵形にこんもり形を盛り直している。

耳の注意を振り向けるあらゆるところに、潺湲《せんかん》の音が自由に聴き出され、その急造の小渓流の響きは、眼前に展開している自然を、動的なものに律動化し、聴き澄している復一を大地ごと無限の空間に移して、悠久に白雲上へ旅させるように感じさせる。

もろもろの陰は深い瑠璃《るり》色に、もろもろの明るみはうっとりした琥珀《こはく》色の二つに統制されて来ると、道路側の瓦屋根の一角が忽ち灼熱して、紫白の光芒を撥開し、そこから縒《よ》り出す閃光のテープを谷窪のそれを望むものに投げかけた。

鏡面を洗い澄ましたような初秋の太陽が昇ったのだ。小鳥の鳴声が今更賑わしく鮮明な空間の壁絨《へきじゅう》をあっちへこっちへ縫いつつ飛ぶ。

極度の緊張に脳貧血を起して一旦意識を喪《うしな》い、再び恢復して来たときの復一の心身は、ただ一箇の透明な観照体となって、何も思い出さず、何も考えず、ただ自然の美魅そのままを映像として映しとどめ、恍惚《こうこつ》そのものに化していた。

彼は七つの金魚池の青い歪みの型を、太古の巨獣の足跡のように感じ、ぼんやりとその地上の美しい斑点に見とれていた。陽が映り込んで来て、彼の意識もはっきりして来ると、すぐ眼の前の古池が、今始めて見る古洞のように認められて来た。それは彼の出来損じの名魚たちを、売ることも嫌い、逃しもならぬままに、十余年間捨て飼いに飼って置いた古池で、宗十郎夫婦の情で、ときどき餌を与えられていたのであったが、夫婦の死後は誰も顧るものもなく憐れな魚達は長く池の藻草や青みどろで生き続けていたのであった。この池の出来損いの異様な金魚を見ることは、失敗の痕を再び見るようなので、復一は殆どこの古池に近寄らなかった。ときどきは鬱々として生命を封付けられる恨みがましい生ものの気配いが、この半分古菰《こも》を冠った池の方に立ち燻《くすぶ》るように感じたこともあるが、復一はそれを自分の神経衰弱から来る妄念のせいにしていた。

いま、暴風のために古菰がはぎ去られ差込む朝陽で、彼はまざまざと殆ど幾年ぶりかのその古池の面を見た。その途端、彼の心に何かの感動が起ろうとする前に、彼は池の面に屹《きっ》と眼を据え、強い息を肺一ぱいに吸い込んだ。……見よ池は青みどろで濃い水の色。そのまん中に撩乱として白紗よりもより膜性の、幾十筋の皺がなよなよと縺《もつ》れつ縺れつゆらめき出た。ゆらめき離れてはまた開く。大きさは両手の拇指《おやゆび》と人差指で大幅に一囲みして形容する白牡丹《ぼたん》ほどもあろうか。それが一つの金魚であった。その白牡丹のような白紗の鰭《ひれ》には更に菫《すみれ》、丹《に》、藤、薄青等の色斑があり、更に墨色古金色等の斑点も交って万華鏡のような絢爛、波瀾を重畳《ちょうじょう》させつつ嬌艶に豪華にまた淑々として上品に内気にあどけなくもゆらぎ拡ごり拡ごりゆらぎ、更にまたゆらぎ拡ごり、どこか無限の遠方からその生を操られるような神秘な動き方をするのであった。復一の胸は張り膨らまって、木の根、岩角にも肉体をこすりつけたいような、現実と非現実の間のよれよれの肉情のショックに堪え切れないほどになった。

「これこそ自分が十余年間苦心惨憺して造ろうとして造り得なかった理想の至魚だ。自分が出来損いとして捨てて顧みなかった金魚のなかのどれとどれとが、何時どう交媒して孵化して出来たか」

こう復一の意識は繰り返しながら、肉情はいよいよ超大な魅惑に圧倒され、吸い出され、放散され、やがて、ただ、しんと心の底まで浸み徹った一筋の充実感に身動きも出来なくなった。

「意識して求める方向に求めるものを得ず、思い捨てて放擲《ほうてき》した過去や思わぬ岐路から、突兀《とっこつ》として与えられる人生の不思議さ」が、復一の心の底を閃めいて通った時、一度沈みかけてまた水面に浮き出して来た美魚が、その房々とした尾鰭をまた完全に展《ひら》いて見せると星を宿したようなつぶらな眼も球のような口許《くちもと》も、はっきり復一に真向った。

「ああ、真佐子にも、神魚華鬘之図にも似てない……それよりも……それよりも……もっと美しい金魚だ、金魚だ」

失望か、否、それ以上の喜びか、感極まった復一の体は池の畔の泥濘のなかにへたへたとへたばった。復一がいつまでもそのまま肩で息を吐き、眼を瞑っている前の水面に、今復一によって見出された新星のような美魚は多くのはいしたた金魚を随《したが》えながら、悠揚と胸を張り、その豊麗な豪華な尾鰭を陽の光に輝かせながら撩乱として游弋している。

気の毒な奥様

或る大きな都会の娯楽街《アミューズメントセンター》に屹立《きつりつ》している映画殿堂では、夜の部がもうとっくに始まって、満員の観客の前に華やかなラヴ・シーンが映し出されていました。正面玄関の上り口では、やっと閑散の身になった案内係の少女達が他愛もないおしゃべりに夢中になっていました。

突然、駈け込んで来た女がありました。鬢《びん》はほつれ、眼は血走り、全身はわなわな顫《ふる》えています。少女達は驚きながら訳《わけ》を訊《たず》ねると、女はあわてて吃《ども》りながら言いました。

「私の夫が恋人と一緒に此処《ここ》へ来ているのを知りました。家では子供が急病で苦しんでいます。その子供を、かかり付けのお医者様に頼んで置いて、私は夫をつれに飛んで来ました。どうか早く夫を呼び出して下さい」

少女達は同情して、その女や夫の名前を訊ねました。すると、流石《さすが》に女は、自分の夫の恥を打ち明けた上で、名前まで知らせる事は躊躇《ちゆうちよ》しないではいられませんでした。思いまどった女は、

「名前だけは、私達の名誉の為め申されません。恋人を連れて此処へ来ている男ですよ。子供が苦しんでるのですから、早く呼び出して下さい」

と頻《しき》りに急《せ》き立てます。案内係りの少女達は、

「名前を告げなければ駄目です」

と言っても、その女は、

「それをどうにかして下さい」

と言ってききません。これには少女達も全く困ってしまいましたが、其《そ》のうち才はじけた一少女が、心得顔に筆を持って立札の上に、女の言葉をその儘《まま》そっくり書きしるして、舞台わきに持って行って立てました。

恋人を連れた男の方、あなたの本当の奥様が迎えにいらっしゃいました。お子様が急病だそうです、至急正面玄関へ。

俄然《がぜん》として座席は大騒ぎになりました。あちらからも、こちらからも立派な紳士が立ち上って正面玄関へ殺到しました。数十名の紳士達が殺到したのです。呆《あき》れてしまった少女達は、世の中の奥様達のことを考えて、実に気の毒と思いました。

窓

女は、窓に向いて立っていた。身じろぎさえしない。頬には涙のあと。

「……ね。……思い返して呉れませんか。……もう一度。……。ね」

男は、荷造りの手をまた止めた。

女はうしろを向かなかった。女の帯の結び目を見上げていた男の眼から、大粒な涙が滴《したた》った。かすかな歔欷《すすりなき》。

女はまだうしろを向かなかった。女の涙の痕へまた新らしい涙の雫《しずく》が重なった。

男は立って行って、女の傍へ寄った。この十日程のなやみで、げっそり痩《や》せた女の頬。男の顎《あご》もまた無慙《むざん》に尖ってしまったのを女は見た。

窓の外の樹々の若葉が、二人の顔や体に真青に反映した。

「駄目？　え？」

男の逞ましい手が、女の肩にやわらかく触った。女は、けわしい眼をした。

「幾度言ったって同じですわ」

女は、けわしい眼を直ぐに瞑った。そして、男から少し顔をそむけた。新らしい涙がまた……。

「…………」

「…………」

男はまた力なく、荷造りを始めた。

「××ちゃん」

男は女の名を呼んだ。不用意に女は後を向いた。

行李《こうり》の前へしゃがんだまま、男は一抱えの書物を女に示した。

「もう、これを入れれば、すっかり荷造りが出来るんです、けど、も一度……」

女は、男の抱えている書物をみつめた。女は、体ごと男の方を向いてしまった。

男は書物を床の上に置いて立ち上った。そして、傍の椅子に腰かけた。今一つの椅子へ女を招んだ。女はだまってそれに掛けた。

ピアノや、大きな書架や、古びたデスクや、壺が、男と女のまわりにあった。足下には、男の造った三つの行李と、最後に手がけていた蓋《ふた》のしかけた行李が一つ。

男は女の赤いスリッパの爪尖を見ながら言った。

「僕はどうしたって駄目なんです。こうやって荷造りなんかしたっても、あなたに離れて行くことなんか、とても出来ない」

「……………」

「ね、も一度、おもい返して呉れない。そして兄さんに僕を置いて下さるようにって、頼んで呉れない？」

「思い返すも返さないも……もう、いくら考え抜いて斯《こ》うなったんだか分りゃしないのに……」

女の言葉は末が独白になった。

「そりゃそうだけれど、そりゃそうに違いないけれど……」

男は唇を顫《ふる》わせながら、女の顔を見た。女の唇も顫えている。

「それに、いくら考えたって、兄さんに言われたより本当のことは無いでしょう。わたし達には」

二人で死ぬか、別れるか。どちらか一つを採れ。と女の兄は、いつものおだやかな顔に凜々《りり》しい色を見せてきっぱり言った。

男と女の恋が女の兄に許されて、男が女の家に来て棲んでから三年になる。男は、多感なだけに多情だった。男のまれな美貌と才能に多くの女が慕い寄った。女を深く愛しながら、男は外の女をも退けかねた。男が二人目のほかの女を隠し持ったのが知れた時、女は発狂してしまった。女の体と心が無慙に苦しみ抜いた。

三度目に、男がほかの女と交換していた手紙の束を女に見出されたのは、女の発狂が癒《なお》って一年ばかり後のつい先頃だった。

女の悲しみや怒りが、男と女の間を最後の場面に追い込めた。これは男にとっても女にとっても、大問題であった。この大きな問題に面接した驚きの為めに、男が、ほかの女に向けていた男の一部分の感情は打ちひしがれて、男はただ、この女ばかりを真正面に見つめてしまった。女の怒りや悲しみのなかに色々複雑な感情が交った。別離。執着。昏迷。当惑。

兄は男を憎みはしなかった。しかし多情な性質を見きわめた。

「一緒に死ぬか、別れるか」

多情な男と棲むことは、女の一生の苦しみであり、一人に愛を強要する女の為めにも男は悩み通さねばならないと兄は助言した。

ところで、二人は一緒に死ねなかった。死ぬほどの熱情を男も女も失っていた。只、死に度いとは、あせりにあせった。夜も眠らず、昼も食べずに。しかし仇《あだ》な努力であった。別れる日が来た。女は離愁に堪えられなかった。この辛さもみんな男の多情からだと、一さいの後の怒りがまた女によみがえった。男はまた何が何でも元通り女と一緒に棲んで行き度いと願った。

が、別れるのが、やっぱり二人の運命だった。いよいよ別れる時が来た。男の荷造りもすっかり終った。

二人はいきなり抱き合った。泣きに泣いた。泣き入った。怒りも絶望も、愛執も離愁も一つに籠《こ》めて。

やがて二人は泣き疲れた。二人は黙って、離れ離れに椅子へ倚《よ》った。

開け放された窓が二人の眼の前に在った。二人は殆ど同時に溜息をした。疲れた空洞のような眼が、ひとしく窓へ向けられた。

窓！　窓！

二人は二人の始めから、この窓に就いての多くの思い出を持っている。

男の頭に今、ひらめいたその一つ、——真赤な夕焼空に、ぱらぱらと幾つもの鳥が真黒に飛んでいた。それを男はじっとこの窓から見ていた。寒い木枯《こがらし》が、さっと吹き込んでも、男は窓を閉めなかった。男はペンキの少し剝げたこの窓框《かまち》へ肘を突いて立っていた。その頃はまだ、二人の恋は、女の兄に知られなかった。男は女の客として、女の部屋に通されていた。

女はなかなか二階へ上って来なかった。女の兄の画室で、ごとごとと音がしていた。

「兄の画筆でも洗っているかな」不具で妻も持てない兄に侍して婚期をも後らした女を、男はあわれに思った。が、先刻から随分待たされた。男はいらいらしていた。一つの鳥が、群を離れてあちらの森へ飛んで行く……それを淋しく男は眺めた。「自分の恋が、女の兄に容れられようか……」

男はだんだん淋しくなった。どこか遠くで、かすかな長い汽笛の音。男は旅を思った。女を連れて、どこかの果てへ遠く旅立ってしまおうか……。

女は、ある真夏の夜半のことを思っていた。突然に、けたたましい半鐘の音。男が先ず起きて窓を開けた。「火事。火事です。Xの森だ」

男が半開きにした磨硝子《すりガラス》の窓には火焔の反映が薄赤く染っている。女は寝乱れた髪もそのまま、男と並んで半身を窓から出した。Xの森は窓から三丁ばかり離れた右手の方に在った。ずんずん開けて行く大都市のはずれに一廓、ここばかりはそのままに保存されている或る旧大名屋敷の後庭となっていたところ。太古のような老樹の森林。そのXの森の中に一棟、森の老樹と同じような古色を帯びて立っている小さな茶室――今は茶室として使われていない。只、取残された昔のかたみとして、なかば朽ちている軒が、かすかに樹間を通して外から気味悪く窺《うかが》われていた。――が焼けるのだと、窓の下をわめいて行きちがう人の声々で知った。

ぱしゅ、ぱしゅ。ぱち、ぱち、ぽん。ぽ、ぽん。どしん!! 火勢がすさまじい音を立てて募《つの》って行った。

夜になっても灯ひとつ点《とも》されたためしのない処から、どうしてあのすさまじい火が出たか。「怪火?!」咄嗟《とっさ》の間に女の頭を掠めて行った恐怖が、女を激しく戦慄《せんりつ》させた。

「大丈夫、河からこっちへ来るもんですか」

男は女をなだめた。女は諾《うなず》いた。水を深く湛えた広い河が、森をめぐって流れていた。一たん盛り上った火の子が、みな素直に河へ落ちて行った。風がすこしもないからであった。女はだんだん落着いて行った。そして、火事場と周囲の対照を、静かに見較べることが出来るようになった。

空には月があった。しかし、真珠のように小さくて薄かった。かすかな瑠璃《るり》色がようやく空一面と空間の或る部分にまで行きわたり、下界にまでは光がとどかなかった。森はいやが上にも黒かった。翼のように、舌のように、逆に梳る女頭《くしけず》のように、火は焔になり、焔は幾条の筋をよって濛々《もうもう》とした黒煙に交り、森から前後左右に吐き出された。

が、空はやはり澄んでいた。そのほのかな瑠璃色の落着きが却《かえ》って下界のひとところの――真黒な森の狂異を気味悪く見せる。

やがて、火は余程に静まった。其処に集る人々の提灯《ちょうちん》の火が目立つほど、森の中心の火は衰えた。と。どうした火の躓《つまず》きか、けたたましい一つの爆音と共に、一団の煙が空を目がけて飛び上り、そして忽《たちま》ちに霧散した。その拍子に一挺の金簪《かんざし》のような鋭い火線が、爆竹色に霧散して月の面を掠《かす》める煙の中に鋭くひらめいた。

「あっ」

女は叫んで窓を閉めた。とたんに女の体が毬《まり》のように躍って、右手が男の頬をはっしと打った。異様な火のひらめきに刺戟され、その夜の就寝前、女の激しい妬情が、発作的によみがえったのである。男の眼は光った。そしてぎくりと立って女に向った。女も自分の狂暴に自分で愕《おどろ》いた。そして、茫然と自失して暫く男に向い立っていた。だが、ほとばしる嗚咽《おえつ》と共に男の胸に顔を埋めた女――男に謝する女の心、男を恨む女の心。女はいつまでもそのまま嗚咽を続けた。

やがて窓にはしらじらと暁の明りがさして来た。火事場の騒ぎはしんと静まって、どこかで朗かな鳥の声が聞えた。

表の門扉の鈴がけたたましく鳴って、男を乗せて去る俥が来た。

絶望の溜息と共に二人は同時に椅子を立った。と、どちらからともなく、つと寄った――。圧搾された「最後」の力で二人は強く抱き合った。

去って行く男の俥上の後姿が、二三丁離れた路角の大欅の下に見えた。新らしい麦藁帽が、欅の新緑を洩れる陽にちかちかと光った。それもまた見えなくなった。窓に寄った女の眼の前には、不具な兄をたすけて、これからまた自分の辿るべき涯しもない灰色の道が長く浮んで見えた。

夏の夜の夢

月の出の間もない夜更けである。暗さが弛んで、また宵が来たようなうら懐かしい気持ちをさせる。歳子は落付いてはいられない愉しい不安に誘われて内玄関から外へ出た。

「また出かけるのかね、今夜も。――もう気持をうち切ったらどうだい」

洋館の二階の書斎でまだ勉強していた兄が、歳子の足音を聞きつけて、そういった。窓硝子《ガラス》に映る電気スタンドの円いシェードが少しも動揺しないところを見ると、兄は口だけでそういって腰を上げてまで止めに出ては来ないらしい。

「ええ、もう今夜たった一晩だけ――ですから心配しないで、兄さんもご自分の勉強をなさって……」

歳子は自分の好奇な行為だけを云われるのに返事をすればたくさんなのに、兄の勉強のことにまで口走ってしまったので、すこし云い過ぎたかと思ったのに、兄は「うむ、そうか」と温順《おとな》しく返事をしたので、却《かえ》って気が痛みかけた。

「兄さん、棕櫚《しゅろ》の花が咲いてますのよ。葉の下の梢に房のように沢山。あたし何だか、ぽちぽち冷たい小粒のものが顔に当るので雨かしらと思いましたらね、花が零《こぼ》れるのですわ」

兄の気持ちを取做《とりな》し気味に、歳子はあどけなくこう云った。すると兄はすっかり気嫌よく、

「棕櫚の花が咲いたか。じゃ、下を見てご覧、粟を撒《ま》いたように綺麗に零れているよ」と云った。

歳子は踞《うずくま》って、掌で地をそっと撫でて見た。掌の柔い肉附きに、さらさらとした砂のような花の粒が、一重に薄く触れた。それは爽かな感触だが、まだ生の湿り気を持って、情味もあった。かの女は「闇中に金屑を踏む」という東洋の哲人の綺麗な詩句を思い出し、秘密で高踏的な気持ちで、粒々の花の撒ものを踏み越した。そして葉の緻密な紫《のうぜんかずら》葳のアーチを抜けた。歳子は今夜あたりの自分は、兄ともまた自分の婚約中の良人とも、まるで縁のない人間のように思えた。

歳子の兄の曾我弥一郎と、歳子の婚約者の静間勇吉とは橋梁と建築との専門の違い

はあるが、同じ大学の工科の出身で、永らく欧洲に留学していた。文化人とは恐らくこの二壮年などをいうのであろう。彼等は近代の文化人とはあまりに知性が冴え返るその寂しさと、退屈をいつも事務か娯楽で紛《まぎ》らしていなければならないということを十分承知して、そして実際それをやっているほどの文化人だった。

帰朝後はいよいよ交際を密接にした弥一郎と勇吉とは、寵愛しているパイプ――ネクタイピン――卓上の一枝の花――を一方は割愛し、一方は愛用し始めるといった無雑作な調子で、兄はその友人と自分の妹の婚約を取計った。もっとも、二人の男同志の間には、歳子をよその人間には遣《や》り度《た》くない愛惜があった。兄は折角素直に生い立った妹の愛すべき性格を知らない他人に、猥《みだ》りに逆撫でさせたくないという真意から、また勇吉は自分が自分とはまったく性格の反対なこのナイーヴなロマン性の娘を兄に代って護り育てられる資格と自信を持ったものだから歳子の授受の内容には極めて親切で緊密な了解が働いていていた。

「あの子は近頃どうしているかね」

「あの子かね。は、は、は、あの子は少し退屈しているようだね。僕が少し詰めて工房へ入り切りだからね」

何か弥一郎と勇吉が外の会合で顔を合わす場合には、こんな問答が交された。歳子をあの子と呼ぶことに二人はおのおのの立場で、歳子を愛し理解する黙契を示し合っていた。

「じゃ、僕の方へ少し寄越しとけ、僕はここ三週間ほど仕事の合間だから、相手になっていてやれる」

こんなふうにして歳子は婚約中の良人の家と兄の家の間を愛撫され乍《なが》ら往復した。幸い兄はまだ独身だし、良人の家には叔母がいたが、この中年寄は寄人《よりうど》の身分を自認して、何にも差出なかった。

「一体こんな呑気《のんき》なことであたしいいのでしょうか」

歳子は飽満に気付いて、あるとき婚約中の良人に訊いた。すると良人は思慮深く考えていたが、すぐ明るく眉を開いていった。

「といって、なにも強いて苦労を求めるのも不自然ですよ。まあ、呑気にしていられるうちはしているんですね」

歳子は未来の良人の頭の良さを信頼すると共に、あまり抱擁力のある明哲なものに向って、なぜかいくらか反感を持った。

兄の家へ戻ってから間もない日のことである。歳子は兄と一緒に音楽会へ行って帰りにベーカリーに寄って、そこで喰べたアイスクリームのバニラの香気が強かったためか、かの女は家へ帰って床についても眠られなかった。腺病質のこどもだった時分に、こういう夜はよく乳母が寝間着の上に天鵞絨《ビロード》のマントを羽織らせて木の茂みの多い近所の邸町の細道を連れて歩いて呉れた。天地の静寂は水のように少女を冷やした。するとかの女は踏む足の下が朧《おぼろ》になってうとうととして来た。かの女の口が丸く自然に開いて小さい欠伸《あくび》が出た。目敏く見付けた乳母は、「さあ、やっと宵の明星さまがお手を触れて下さいました」といって、ふうわりかの女を抱き取って家へ入り、深々と寝床に沈めて呉れた。

それを想い出したので、歳子はやはり寝間着の上へ兄が洋行土産に買って来て呉れた編糸のシャーレで肩を包んで外へ出て見た。今更死んだ乳母に伴って連れて歩いて貰い度いというような幼い憧憬の気持ちもなかったが、さればといって、兄や婚約中の良人にがっちり附添って歩いて貰い度いと思う慾求も案外に薄かった。二人の紳士は歳子の上に現われる眠りのような生理的現象を生理的生活の必然的要求と受取って、親切に労《いたわ》っては呉れようが、それ以上の深いものを認めては呉れないだろう。それは極めて幼稚な考え方にしろ、あの乳母のように人間の総てのものとして、しんからの尊敬と神秘観を持ってかの女を扱って呉れる素質は兄にも良人にも全然なかった。たとえ愛の手は同じでも、あの乳母とは感触の肌触りに違ったものがあった。歳子は生れつきこういうことを感じ分けるに敏感な本能を持った女だった。

こういう時にかの女は兄と良人と、そして自分との間柄を考えて、自分はある意味で非常に幸福な女であるかも知れないが、またこういう自分の肝腎な気持ちを自分に一ばん近しい人が了解しない以上、自分は却って世の中で一ばん不幸な女であるかも知れないとも考えた。だが、このことは口でいっても判ることではなし、むしろ独りで夜の空気の中を彷徨する方が焦燥の感じを少くした。

歳子の兄の住む土地の一劃は、道路まで誰か個人の私有地になっていて、道の口々は柵門で防がれ、割合いに用心堅固の場所だった。女の真夜中の一人歩きもたいした心配はなかった。かの女はそろそろ出かかった月の光を吸いつつ木の茂みから来る理智的な湿り気と、大地から蒸発する肉情的な蘊気《うんき》の不思議な交錯の中に縹渺とした気持ちになって、いくつか生垣について角を折れ曲った。鋏を入れず古い茨の株を並木のように茫々と高く伸びるがままにした道の片側があって、株と株の間は荒っぽく透けていた。何気なく通るかの女は、同じく何気なく垣の中からすうっと出て来た青灰色のブルーズ着の一人の青年とぱったり顔を見合して、思わず立停った。山中で珍らしく人と人とが出遇ったときのような眼の離されない惧《おそ》ろしさと、同時に物なつかしい感情がかの女の胸を掠《かす》めた。月光に明瞭に照された青年の顔は、端正な目鼻立ちにかすかな幽愁を帯びていた。青年はやや控え目に声をかけた。

「いい夜ですね。曾我さんの妹さんでしょう。中へ入りませんか」

歳子はさすがに狐疑した。「これはどういう青年なのであろう。兄がこの近所に学校の後輩の家があるといったが、大方それだろうか」

青年はすぐ「今夜、うちの庭はとてもいいですよ」と云った。

その声はあまりに世の中の普通の言葉に何のかかわりも持たない、卒直で親しみのある声だった。歳子は青年の誘うその庭に自然するすると入ってみる方に気持ちを傾けてしまった。しかし表面静かに微笑して一応辞退した。

「有難う。でも――」

「懸念なさることありませんよ」

「でも」

「あんたのお兄さんは僕を知ってられる筈ですよ。兄さんは僕の学校の先輩です」

歳子はやっぱりそうかと思った。かの女はそう了解がつくと妙な遠慮はいらないと思った。

青年は牧瀬と云った。その夜から牧瀬の庭を知り、その池の周囲の饗宴を知った。それは淡々とした味を持ちつつ何となく気がかりの魅惑があって、あとを引いた。

翌朝兄に話すと、兄は、

「牧瀬が帰朝してると聞いたが、やっぱりそうかい。うん、あの男は後輩の中でも天才的な特長があるらしいけど、多少変りものなのだ、根は君子人だ。そうなあ、交際って別に毒になるほどのこともないが、利益にもならんね」

という観方で、強《し》いてかの女を阻《はば》みもしなかった。

歳子は知らず知らず二十日ばかりの間に、間を置いて七八夜も牧瀬の庭に遊びに行ったが、もう婚約中の良人の家へ帰る期日も近づいたので、いよいよ今夜もう一晩ぐらいの交際だと思って、茨の垣の門内に入った。

「今夜あたりはあなたが来そうな晩だと思いましたよ。月の出が最初お目にかかった晩と同じですからね」

牧瀬は歳子を迎えるなり直ぐこう云った。

周りは小さい丘や築山の名残りをとどめた高みになっていて、相当な庭園だった証拠には、楓《かえで》とか百日紅《さるすべり》とかいう観賞樹の木の太さに、庭師の躾《しつ》けが残った枝振りで察しられた。歳子の兄の家の屋上庭園から春は雲のように眺められるその桜の木も、庭の中にあって近づいて見るとみな老樹だった。中央の池泉は水が浅くなり、渚は壊れて自然の浅茅生《あさじう》となり、そこに河骨《こうほね》とか沢瀉《おもだか》とかいう細身の沢の草花が混っていた。石橋の架っている中の島の枯松を越して、奥座敷に電燈が煌々《こうこう》とついていた。座敷の中には美術品らしいものが一ぱいに詰っているのが見えた。だが最初の夜から歳子を一番驚かしたのは、一面茫々と生えている夏草だった。野菊もあれば箒草もあるが、兎《と》に角《かく》、庭全体を圧倒して草の海原の感じだった。

なるべくクローヴァーの厚く生え重った渚の水気の切れた辺に席を取って、牧瀬と歳子はもう二三十分も神経を解放し、ただ黙って夏の夜の醸《かも》す濃厚で爽かで多少腕白なところもある雰囲気に浸っていた。蛙が低く鳴いて、月は息を吐きかけた程の潤みを持っていた。

「ああいい気持ち」

歳子は喰べても喰べてもうまくだけあって、少しも腹に溜まらない飲食物に味い耽るようについそう云った。

「まだ、少女のときのように眠くなりませんかね」

牧瀬は横にしていた体を悠々と立て直しながら、いくらか揶揄《からか》い気味に訊いた。七八夜の間に歳子は今までの生涯の体験やら感想やらを識らず知らず彼に話していた。

「眠くなっちゃいられないほどいい気持ちよ。それとも眼が覚めていて眠っていると同じような気持ちなのかも知れない」

「うまいこと云う」と呟きながら笑って牧瀬は、すこし歳子に躙《にじ》り寄り、籐で粗く編んだ食物籠の中の食物と食器を掻き廻した。

「喉が渇きませんか。今夜はこれをあがってご覧なさい。おいしいですよ」

牧瀬は月にきらきら光らせながら魔法罎からコップへ液汁をなみなみと注いだ。

歳子がそのコップを月にさしつけて、透していると、牧瀬は「水晶石榴《ざくろ》のシロップです。シロップでは上品な部ですね」と云った。

それから彼は不器用にパパイヤを切って小皿に載せ、レモンを絞ってかけてから、匙と一緒に差出した。葼姑射山に住むという神女の飲みそうな冷たく幽邃な匂いのするコップの液汁を飲み、情熱の甘さを植物性にしたような果肉を掬《すく》って喰べていると、歳子はこころがいよいよ楽しくなった。蚤の喰ったあとほどの人恋しさの物憎い痒《かゆ》みが、ぽちりと心の面に浮いた。牧瀬のスポーツシャツの体からは、半人半獣のような健やかな感触が夜気に伝って来た。

森から射上げられるような鳥の影が見えて、「きゃきゃ」という鳴声がした。梟《ふくろう》に脅かされた五位鷺《ごいさぎ》だと牧瀬はいった。歳子の襲われそうになる恋愛的な気持ちを防ぐ本能が、かの女にぶるぶると身慄いをさして、その気持ちを振り落さした。

東京の中にこんな山の窪地のように思われるところがあるとは、歳子は牧瀬に誘われて、この庭へ来るまで想像しても見なかった。ここは三四代前からの牧瀬の邸で、隣接する歳子の兄の家の敷地も昔はこの邸内になっていた。昔この辺は全く江戸の田舎で、狐や狸が棲み、この池の排け口へは渋谷川から水鶏《くいな》が上った程だった。

牧瀬はまるで他人ごとのように歳子にそういう話をした。歳子は一体この青年が夜な夜な断片的に語る自分の経歴やら、生活やらがまるで他人ごとのように淡々と話されるだけ、却って印象が明確なのに気付いて不思議に思っていた。

牧瀬の断片的の話を綜合してみるとこうであった。彼は建築史の研究を近代からだんだん原始へ遡《さかのぼ》って行った。建築を通して見た古い昔の民族の素朴な魂と単純な感情に、極めて雄渾で潑溂《はつらつ》とした生命が溢れているのに、彼は精神を虜《とりこ》にされてしまった。しかし、歳子の観察によると、彼は趣味の高さから来る近代文化に対する自虐的な反抗と、複雑濃厚なあらゆるものに飽き果てて素朴なものの愛に引き返した一種洗練された健気《けなげ》にも寂しい個性が感じられた。いわば世紀末的な敗頽の底を潜って、何か清新なものを摑《つか》もうと漁《あさ》っている、老と若さと矛盾している人間に見えた。彼はまだ、その目的の精神的なものは摑まないにしろ、肉体の健康と情操の高さだけは感じられた。これは彼から取り除けようにも取り除けられない彼の二次的性格になっていた。

どういうわけか、今夜の彼からは淡々とした話振りの底に熱い情熱が間歇的に迸《ほとばし》って、動揺し勝ちの歳子をしばしば動揺さした。そして彼は頻《しき》りに恋愛の話をしたがった。昔語りでも嘘でもロマンスの性質を帯びれば、それがすべて現実に思えるような水色の月が冴えた真夜中になりかけていた。彼は恋愛を愛するが、しかし情熱の表現の仕方については、こういう風変りなことを云った。

「――肉体も精神も感覚を通して溶け合って、死のような強い力で恍惚《こうこつ》の三昧《さんまい》に牽き入れられるあの生物の習性に従う性の祭壇に上って、まるまる情慾の犠牲になることも悪くはありませんが――しかし、ちょっと気を外らしてみるときに、なんだか醜い努力のような気がします。しかも刹那《せつな》に人間の魂の無限性を消散してしまって、生の余韻を失くしてしまったような惜しい気持ちがしますね。

僕はそれよりも健康で精力に弾ち切れそうな肉体を二つ野の上に並べて、枝の鳥のように口笛を吹きかわすだけで、充分愛の世界に安住出来るほど徹底して理解し合った男性と女性とでありたく思うのです」

微風が草の露を払う。気流の循環する加減か遠い百合の畑からの匂いに混って、燻《きな》臭《くさ》いにおいがする。歳子が気にすると、それは近所の町の湯屋が夜陰に乗じて煙突の掃除をしているのだと牧瀬はいった。その埃《ほこり》の加減か、または夜気で冷えた加減か池の面には薄く銀灰色の靄《もや》が立て籠めて来て、この濃淡の渦巻は眺める人に幻を突きつけて、記憶に潜在するあらゆる情緒を語れ語れと誘うように見える。牧瀬はしばらくたゆたっていたが、靄の幻を見詰めながらとうとう語った。

「むかしの牧神と仙女はそんな無駄なあがきを彼等の間柄の仲では一切しませんでした。彼等は愛があるうちは愛の完全透徹した力を信じていた。二人は子供のように遊び狂いながら絶対に心は恋愛に充されていた。随分性質の悪い悪戯《いたずら》をし合って怒ったり、苛めたりし合っても、愛の揺ぎを感じなかった。星の摂理を信じ、互いの性質の自然を尊敬し合っているものには、疑いだの不平というものを挟む必要がなかった。そういうものを挟む必要が来た時は、もうその星の司る運命は終ったので、彼等は次の星の運命の支配の下に引取られているのだった。そこでまた彼等は彼等の生命を一ぱいに張り切った次の生活が始められる。

僅か七八夜の僅かな話のうちに僕は判りました。あなたは愛だの好意だのに対して素直で無条件に受容れられそうな理想家風の女性らしいですね。僕の直観に従えば、あなたは僕の考えている恋愛論に共鳴が出来る方らしいですね。

この夏の七八夜あなたとここで話したメモリーは僕の一生のうちの最も好いメモリーになりそうです。こんなこと云って失礼だったら許して下さい。あなたは静間君と結婚なさっても僕はあなたの特異性を貰ったような気がします」

「私の特異性ってものがございましょうか」

「あなたの特異性を強調していうなら、あなたは純潔な処女のまま受胎せよといったら、その気になる方らしいですかな……はははは……」

「…………」

突然牧瀬はつかつか立って行って、今までの話題に関せぬような、またその続きのようにも、池の渚に祈る人のように跪《ひざまず》いた。そして歳子をも促してそうさせた。澄む水に二人の顔が写った。暁まえの水の面は磨きたての銅鏡のようにこっくり澱《よど》んで照度に厚味があった。

いつの時代、どこの人間とも判らない若い男女の顔が水底から浮び出た。

しばらく見詰めていた牧瀬は云った。

「やっぱり人間の男と女だ、はははは」

歳子は襟元へ急に何かのけはいが忍び寄るもののように感じたが、牧瀬に対してまた周囲の情勢に対して何の不安も湧かなかった。

それよりもむしろ自分の一生のうち二度と来ない夢の世界の恍惚に浸っているような渺茫とした気持ちだった。

近くの森から飛び立った小鳥が池の面を掠めて飛ぶと二人は同時に顔をあげた。

月は西に白けて、大空は黎明《れいめい》の気を見せて来た。そこに天地が口を開けたような一種いうべからざる神厳と空虚の面貌の寸時がある。

歳子は殆ど一晩語りに語り続けた青年の矛盾しているような、独断のような言葉を聞き明したが、決して退屈しなかった。そして高踏極まる話をする青年の言葉の底に却って切ない人間の至情を感じて、何か歎かずにはいられない気持ちになった。歳子は哀れな優しい溜息をした。

「とうとうあなたに溜息をさせてしまいましたね。それは僕ばかりのせいじゃないのです。月のせいでもあり、夏の夜のせいでもありますよ。夜気に湿った草の匂いのせいでもありますよ。でもよく幾夜も僕の夢遊病症につき合って下さいましたね。これが最後の夜と思えばお名残り惜しいけれど、もう夜もじきあけます。僕たちはもうお別れしなくちゃ……。平凡で常識な昼日中がやって来ます。僕たちが折角夜中かかって摘み蒐めた抒情の匂いも高踏の花も散らされて仕舞います」

そして彼はそう云ったあとはむっつりと無言で、丈の高い庭草を分けてのしのしと歩き出した。

結婚の前夜、歳子は良人に牧瀬の庭の夏の夜を話した。すると良人は例の思慮深そうに一考した後、眉を開いて云った。

「美しい経験だ。『夏の夜の夢』と題して、あなたのメモリーに蔵《しま》って置くといいですね。そしてあなたのこころが結婚生活の常套に退屈したとき、ときどき思い出してロマンチックなそのメモリーを反芻しなさい。僕もときどき分けて貰う」

歳子はこの時から良人の頭脳の明哲を愛しかけて来た。

間もなく歳子は牧瀬が中央亜細亜《アジア》へ、決死的な古代建築の遺蹟の発掘に出発したという消息を兄から聞いた。

過去世

池は雨中の夕陽の加減で、水銀のように縁だけ盛り上って光った。池の胴を挟んでいる杉木立と青蘆の洲とは、両脇から錆び込む腐蝕のように黝《くろず》んで来た。

窓外のこういう風景を背景にして、室内の食卓の世話をしている女主人の姿は妖しく美しかった。恰幅のいい身体に豊かに着こなした明石《あかし》の着物、面高で眼の大きい智的な顔も一色に紫がかった栗色に見えた。古墳の中の空気をゼリーで凝らして身につけているようだった。室内でたった一人の客の私は、もう灯をともしてもいい時分なのを、そうしないのは、今宵私を招いた趣旨の蛍見物に何か関係があるのかも知れないと思い、すこしは薄気味悪くも我慢して、勧められるまま晩餐のコースを捗《はかど》らせて行った。だんだん募る夕闇の中に銀の食器と主客の装身具が、星座の星のように煌《きら》めいた。

女主人久隅雪子は私と女学校の同級生で、学校を卒業するとしばらく下町の親の家に居たことだけは判ったが、直ぐ消息を断った。それから十年あまりして私は既に結婚していて、良人に連れられて外遊する船がナポリに着いた時、行き違いに出て行こうとする船に乗り込む遽《あわただ》しいかの女に、埠頭《ふとう》でぱったり出遭って、僅かにお互に手を握った。あとは私の帰朝後を待ってといい残して訣《わか》れてしまった。

二人ともいわゆる箱入娘で、女学生にしてもすでに知らねばならない生理的の智識に疎《うと》いところがあり、よく師友から笑い者にされた。その代り二人は競って難しい詩や哲学の書物を読んだ。そういった関係から、双方無口であり極度の含羞やでありながら、何か黙照し合うものがあるつもりで頼母《たのも》しく思っていた。だが私が四年目に帰朝し、それから二三年も経ったのに、かの女からは再び何の消息もなく、同窓の誰も知らなかった。一度こちらから親の家へ尋ね合した手紙は、久しく前に移転して住所不明の附箋で返されて来た。

ところが突然かの女は郊外の新居というのから電話して来て、車を廻して寄越し、自宅で蛍見物をさすというのに、のん気な昔の友人訪問の気持を取り戻して、私は来て見たのであった。

淡い甘さの澱粉《でんぷん》質の匂いに、松脂と蘭花を混ぜたような熱帯的な芳香が私の鼻をうった。女主人は女中から温まった皿を取次いで私の前へ置いた。

「アテチョコですの？」

「お好き？」

「ええ。でも、レストランでなくて素人のおうちでこういうお料理珍しいと思うわ」

「素人じゃございませんわ。店の司厨長《シェッフ》を呼び寄せて、みな下で作らして居ますのよ」

「わざわざ、まあ、恐れ入りました」

「私、最近に下町で瀟洒《しょうしゃ》なレストランを始めようと思って、店や料理人を用意してありますのよ」

女主人はレモンの汁を私の皿の手前に絞って呉れ、程よく食塩と辛子を落して呉れた。私は大きな松の実のような菜果を手探りで皮を一枚ずつ剝ぎ、剝げ根にちょっぽり塊《かたま》ってついている果肉に薬味の汁をつけて、その滋味を前歯で刮《か》き取ることにこどものような興味を湧しながら、

「まあ、あなたがお料理屋を、どうして」

「——何かして紛《まぎ》らしていなければ——独身女はしじゅう焦々《いらいら》しますのよ」

そう云って友はちょっと眉を寄せたが、友の内心には何処かさとりめいた寛《くつろ》いだ場所が出来、一脈の涼風が過不及なしの往来をしているらしくも感じられる。下手な情感的な態度を見せては案外友を煩《うる》さがらさぬともかぎらない。

「それよりも、私、私が今度買い取って落着くようになったこの家に就いて不思議な因縁話があるの、あなたに聴いて頂こうと思って……そう陽気な話じゃありませんの。灯をつけて話しますわ」

夕顔の花のような照り色のシャンデリヤがぽっとついた。室内の照明に負けて窓外の景色はたちまち幕を閉じて、雨の銀糸が黒い幕面にかすれた。一たん眼を瞑《つむ》った友はまたぱっと開いて私の顔を真面《まとも》に見た。これも昔見た友の癖である。

かの女は女学校を卒業して親の家で結婚前の生活をしている期間に、望まれて父親の知合いで郊外に隠寮を持つ退職官吏Yの家へ客分として預けられることになった。退職官吏Yの考えでは、自分の蒐集品の殊にこまかい細工ものの昔人形や、壊れものの陶もの類は、骨董《こっとう》美術品商の娘であるかの女の馴《な》れて丹念な指先が、手入れ保存に適当だと思ったからであった。かの女の父はまたかの女がたとえ富んだ老舗《しにせ》の長女でも、下町の娘であるからには躾《しつ》けに至らぬ我儘《わがまま》なところがあろう。一度は上層智識階級の家へ入れて見習わしたいという昔風の考えがあった。雪子の父はなまじなよその夫人よりY家の主人を非常に厳格な躾け正しい人と信じていたから……

かの女はちょっとした嫁入支度ほどの調度を持って、Yの隠寮へ寄寓した。

あてがわれた庭向きの客座敷の隣の八畳へ調度を収めて、女らしい部屋にしてかの女は落着いた。家長のYは、かの女が落着くとすぐ部屋に兵児帯《へこおび》をちょっきり結びにした大兵の体を唐突に運び入れて来て、衣桁《いこう》にかけた紅入りの着ものや、刺繍《ししゅう》をした鏡台の覆《おお》いをまじまじと見て、

「娘の子を一人持ったようだ」

これが精一杯のお世辞の挨拶だというように、ぶっきら棒に云った。そして直ぐ椽から盆栽棚のたくさん並んでいる庭へ下りて行った。

その後はYは一度も部屋に見舞って来なかった。そしてとても仕切れないほどの所蔵品の手入れを命じたり、観賞するためにあれこれと蔵から出し入れさせられて煩さかった。彼は偏執症の蒐集慾以外に精力を使うことを絶対に嫌った。早く妻に訣れてからは、異性には全然関心を持たなかった。それは彼の最も世の中で価値ありとする品とか気位とか悧巧とかを誑惑《きょうわく》する魔性のものに外ならなかった。ただ彼は気短かになって、しばしば癇癪《かんしゃく》を起した。それらの性癖の諸点が却って彼を厳格端正に表面化させたのだと雪子はYに就《つ》いての世評の裏を知った。

何にでも極度に好き嫌いをつけるYは、自分の息子兄弟にもそれをした。弟息子の梅麿は父の唯一の寵児《ちょうじ》だった。彼はやや下膨れの瓜実顔《うりざね》の、こんもり高い鼻の根に迫

らぬよう切れ目正しくついている両眼の黒い瞳に、長い睫毛を煙らせて、地を見入っているときには、何を考えているか誰も察しがつかなかった。桐の花のように典雅でつくねんとした美しさが匂った。声も鋭さを鞣《なめ》して楽しい響きを持っていた。彼はいつでも不機嫌に近く黙って孤独で、地へ向けて長い睫毛を煙らせていた。雪子は新しく家族の仲間に加わった自分に対し、若い女性に対し、何の影響をも示さないこの少年に、焦立たしさと、不満を含まないわけにはゆかなかった。

だが、その美しさには雪子も呆然として息を吐いた。父は梅麿を自分の蒐集物の愛玩品の中に数え、しかもその中で最も気に入った一つのもののように、書斎で、庭で、二人は大概一緒だった。梅麿は父がお世辞を使う気持を見抜いて、とぼけて悠々とお世辞を使われていた。そして父はこの息子に下手からお世辞を使う態度を取っていた。

だが決して調子に乗らなかった。そして、父が理由もなく癇癪を起しかけて来ると、少女よりややしっかりした綺麗な唇を嫣然と笑みかけて、あどけないことを云ったり、親を煽《おだ》てたり、他人の悪口を云ったり、およそ父の弱点が喜びそうなところを衝《つ》いて、素知らぬ顔で父の気分を持ち直させることに、気敏い幇間《ほうかん》のような妙を得ていた。

雪子はいやらしいと思う以上に、その技巧の冴えに驚嘆した。だが、梅麿は父以外にはその手は絶対に使わなかった。

父の気紛れが、面白くない仕辛い仕事を望むときには、梅麿はすーっと脇へ除けた。

夜中に急に風呂を沸かさせたり、椽の下の奥に蔵ってある重いものを取出さしたり——そういうときには兄の鞆之助《とものすけ》が、ぶつぶついう召使を困りながら指揮して、その衝に当った。

父はこのことを知っていて、

「梅は狡《ずる》いやつだ」

といって笑ったが、その狡さが気に入ってもいた。

兄の鞆之助は反対に調法の外、何から何まで、父の気に入らなかった。父は兄息子の顔を見るとむっと黙って仕舞うか、癇癪を浴せかけた。命令通り出来上った仕事も、その命令通りにした愚直なことが、そこに叱言の隙間もないことで父を怒らせた。兄はしじゅうおどおどしていて、眼鼻立ちに神経の疲労と愁いの湿りがあった。濃い頭の捲毛だけが兄弟似寄っていた。兄弟は父が現代教育の方針に不満という理由で、一人は中学を、一人は高等学校を、途中から退学させられて、通って来る二三人の家庭教師に就かされているが、実は父が家庭に於ける享楽生活に手不足を来すのを、父は極力嫌ったためでもあった。

兄の鞆之助は雪子の部屋へよく遊びに来た。雪子が部屋の周囲に、蔵から出して来た、真ものの植物以上に生々と浮き出ている草花が染付けられている鉄辰砂《てつしんしゃ》の水差や、掌の中に握り隠せるほどの大きさの中に、恋も、嘆きも、男女の媚態も大まかに現われている芥子《けし》人形や、徳川三百年の風流の生粋《きっすい》が、毛筋で突いたような柳と白鷺《しらさぎ》と池水に彫み込まれた後藤派の目貫きのようなものを並べて、自分の店から持って来たいろいろの専門の道具や薬品を使って手入れしながら、面倒臭く思って伸びをしたり、または芸術という不思議な幻術が牽き入れる物憎い恍惚《こうこつ》に浸ったりしていると兄はおずおず入って来る。

彼はかの女の傍に立膝して坐ると、いくらか手入れを手伝いながら、かの女の気配を計った。かの女の丸い顔をいじらしそうに見た。

「うちは、これでね、思ったほど豊かじゃないんですよ。何にしろ父はああいう風でしょう。何でも見付け次第買っちまって、ときどき月末の生活費の払いの現金にも困ることがあるんです」

かの女は興味索然としながら話に釣り込まれた。

「あなた方ご兄弟は将来どうするお積り」

「父が生きているうちは今の財産を使っちまっても、父の恩給で米代ぐらいはありますが、父が死んだらこんな道具類でもぽつぽつ売って喰って行くより手はありません。それにしても贋物《にせもの》が多くて」

「持参金附きのお嫁さんでもお貰いになったらいかが。ご兄弟とも美男子だしお家柄はよし」

かの女は揶揄《からか》った。鞆之助は真《ま》に受けた。

「だめですよ。第一僕等に学歴はなし、それにこう見えて、僕は女に対してうんと贅《ぜい》沢《たく》な好みを持っているんです」

「弟さんは」

「あれは父と同じに女嫌いらしいです」

そうかと思うとまたの日は急に朗らかで、いそいそして来て、どこから探し出して来たか、古風な猥《みだ》らな絵巻物をかの女にそっと拡げかけるようなこともあった。かの女は極力平静を装って、彼の顔を正視した。

「それどこが面白いのでございます」

すると、彼は照れて、

「僕にはものを考えないというモットー以外には生きる方法はないんです。単に刹《せつ》那《な》々の刺戟のほかには……」

と負け惜しみのようなことを云いながら、手持ち不沙汰にそれを巻き納めて部屋を出て行くのだった。

父のYは旧幕の権臣の家の後嗣者であった。旧藩閥の明治の功傑たちは、新政府に従順だった幕府方の旧権臣の家門を犒《ねぎら》う意味から、その後嗣者を官吏として取り立てた。Yは相当なところまで出世した。しかし、Yの持って生れた度外れの気位と我執の性質から、とうとう長上と衝突して途中で辞めて仕舞った。遺産のあるままに生来の蒐集癖に耽《ふけ》って、まだ壮年をちょっと過ぎたくらいの年頃を我儘三昧《ざんまい》に暮そうと決めてしまった。恐るべきエゴイストの墓標のような人間であった。

Yの権高な気風と、徹底した利己主義に、雪子はやや超人的な崇高な感じは受けたが、下町娘の持つ仁侠的な志気はYにひどい反抗と憎みを持った。あわよくば、Yが寵愛している弟息子を奪って、父の傲慢の鼻を明かしてやろうとさえヒステリカルに感じた。

兄の息子は、膨れ目蓋のしじゅう涙ぐんでいるように見える、皮膚の水っぽい青年だった。女のことで一度落度があったという噂だが、しかしそのことが原因ばかりでもない蔭の人の性分を十分持っていて、父や弟から、身内と召使いとの中間の人間に扱われ、雇人に混って、自然にこの別寮の家扶《かふ》のような役廻りになっていた。しかし、見かけほど悲劇的な性格もなく、どこかのん気で愚なところがあって、情操的にものを突き詰めては考えられなく、萍《うきくさ》の浮いたところがあった。

母のいないこの別寮で、兄の輌之助は主婦のような役目にもなった。雪子が来て二月ほどしたある日、弟の梅麿はかの女の部屋に来ていた兄のところへ珍しく入って来

て、

「兄さん、僕に出して呉れた着物、綻《ほころ》びが切れてるじゃないか」

と袂《たもと》をあげて脇を見せた。

するとは兄はらはらしながら、美しく重圧して来る弟の黒い瞳に堪えないように眼を伏せて目蓋をぴりぴりさせ、

「だって、いま、婆やも女中も使いに出しちゃっていないんだから仕方がないよ」

すると梅麿は苦いものに内部から体を縒《よ》じ廻されるように憂鬱な苦悩を表情に見せて、

「もう浴衣《ゆかた》でなきゃ暑くて、お父さんにいいつかった庭の盆栽へ水をやりに行けないじゃないか――兄さん自分で縫ってお呉れよ」

兄の不甲斐ない性質に対する日頃の不満と、この弟を凝った瑩玉《えいぎょく》のように美しくしている生れ付き表現の途を知らない情熱と、生命力の弱いものに対しては肉身でも奴隷のように虐《しいた》げて使ってしまう親譲《ゆず》りのエゴイズムとが、異様で横暴な形を採って兄に迫った。

兄は困ったような情ないような表情をして、突き付けられた浴衣に近寄って行った。

しかし、傍に雪子のいるのを見ると、薄い乾いた下唇をちょっと舌の先で湿らしてから、兄はにやりと笑った。

「無理をいうなよ――だめだよ。男になんか、縫えなんて……」

そして腕組みをして昂然とした態度を作った。それには不自然なところがあった。兄はありたけの勇を揮《ふる》って弟の瞳に睨《にら》み合った。

雪子の立場が切ないものになって来た。雪子は彼女の箪笥《たんす》の観音開きから急いで針道具を取出して来て、弟の持っている浴衣に手をかけた。

「何でもありませんわ。あたし縫ってあげますわ」

すると、梅麿は浴衣を雪子の手からすっと外ずして、なお兄に向っていった。

「兄さん縫ってお呉れよ。いつもうまく縫うじゃないか」

兄は赤くなった。弟は兄になおも迫った。場合によっては平気で、兄が雪子に聞かれて、もっと顔を赤くしそうな暴露の意地悪さを用意して、ぜひ兄に縫わせないでは置かない気配を示した。そこにはまた、雪子という第三者が入り込むのを潔癖に嫌ういこじさもあった。

雪子は弟が肉身の兄に対する執拗な残忍な仕打ちと、また女の身の雪子が折角《せっかく》の申出を態よく拒否された恥とで、心中怒りが盛り上って来た。何として仕返しをしてやろう――雪子は針道具をそこへ置いたまま、青葉の映る椽側へ離れて行って、そこの柱へ凭《もた》れてまじまじと弟を見詰めていてやった。

兄は雪子の気配を察するだけに、いよいよその場の処置が困難になって、ただ生返事をして萎縮していた。

　雪子はふと、母もなく我執の父の下に育って、情のしこった弟息子の親への甘えごころが、兄へこうも変った形を採って現われるのではないかと気がついた。そして、生命力の薄い、物に浮れ易い兄は、到底弟のこの本能の一徹な慾求を理解もし負担もしてやる力はないのだと思った。兄は彼の紛らし易い性分から、彼の愛の慾求を何かに振り撒き、繋ぐことによって、彼自身だけの始末をつけていた。彼はこの頃いよいよ雪子に向けて心を寄せる傾向が見えていた。

　兄は雪子の眼の前で針仕事をする姿を、何としても見せたくないらしく、いかに弟に迫られても薄笑いしていて、応じなかった。そして顔色を蒼ざめさしたり、急に赤めたり、しかもわきへ避けて行かないで、だんだん眼と口とが茫漠となるところを見ると、一種の被虐性の恍惚に入っているもののように見えた。

　弟はこれに対してますます執拗になり、果ては凡《あら》ゆる侮誣《ぶぶ》の言葉を突きつけて兄に向った。

　雪子は見てはいられない気がした。こんなに執拗に取組まなければ愛情の吐け口を得られない兄弟の運命や性格の原因をどこへ持って行ったらいいか、その詮索をするのさえいまいましいほど、心を不快に底から攪き廻された。いまから考えると多分の嫉妬《しっと》もあったように思う。そういう険しい石火を截り合って、そこの裂目から汲まれる案外甘い情感の滴り《したた》――その嗜慾に雪子は魅惑を感じた。雪子の細胞には、他人のそういう仕打ちの底の心理を察して羨《うらや》むだけの旧家育ちの人間によくある、加虐性も被虐性も織り込まれていた。

弟はとうとう兄の薄皮の手首を、女のようにじーっと抓《つね》った。兄は真赤に顔を歪《ゆが》めてそれを堪えていた。雪子は激動の極、少し痴呆状態になって却って逆に刺戟を求めるこころから、もっと眼の前で惨劇の進むのに息詰まる興味を持つようになっていた。それが終ると弟は浴衣を抛《ほう》り出して、手早く帯を解いて、それから着ていた袷《あわせ》も脱いだ。

「僕、縫って呉れないなら、裸で庭へ出て行くから――」

行きかける風さえみせた。

兄はあわてて弟を捉えた。

「だめだよ。そんななりで、君、感冒《かぜ》をひくじゃないか」

兄は弟が小さい時感冒から肋膜《ろくまく》の気になったのを覚えていて、それを気遣《きづか》ったものの、もっと大きな原因は、この兄弟は生れつき肉体の露出については不思議な羞恥《しゅうち》の本能を持っていた。他人に見られるようなところで、どんな必要の場合でも肌を脱いだり、裾《すそ》をからげたりは決してしなかった。兄弟同志の間では、なお更それは猥《みだ》らなものを見るように嫌った。

いま弟がそれを敢《あえ》てするのは、必死の羞恥を突き付けて、兄に必死の決意を促す最後の脅迫《きょうはく》手段だった。

「君、裸を垣根から通る人に見られるじゃないか」

「かまうもんか」

兄弟は死のように蒼ざめて争った。

兄は息が切れるように喘《あえ》いだ。眼を伏せて、なるべく見ないようにして、着物を弟に着せようとした。弟は肩ではねのけた。幾度か少青年の白磁色の身体が紺竪縞の大島の着物に覆われては剝け出た。兄はその所作の間に、しばしば雪子の方を振り向いてかの女の気配を窺《うかが》った。

兄の気持を察すると、弟の童貞で魅惑的な肉体を、自分が心を寄せかけている若い娘に見られることは嫉《ねた》ましく厭わしかった。だが我意を貫くことと兄を脅すことの一図に耽《ふけ》る弟は、今は全く雪子の存在などは無視した。弟は一体ふだんから雪子の存在をどう考えているのか、女というものに対してどういう感受性を持っているのか、全く不明だった。それは雪子を寂しく焦立たしいものにしたが、この場合、彼が何人に対しても嫌う裸身を雪子の前ですらりと現わすということは、たとえその目的は兄に向ってであるとはいえ、副作用として雪子は無視の軽蔑を斜に受けないわけにはゆかなかった。だが、ここに至って雪子は怒ろうと思ってもなぜか力が脱けた。

雪子は女として少しも顧慮されない自分を、急に魅力のない卑しいものに感じて、弟に対して感じているふだんの心の底の寂しさを一層深めた。

「仕方がないやつだなあ」

兄はとうとう負けて、雪子がそこへ置いて来た針道具を、ちょっとかの女に会釈《えしやく》して、手元へ引き寄せた。針さしから手頃の針を抜き取り、針先を頭の髪の毛へ突き込んで油をにじませた。アイヌの郷土細工の糸巻から、弟の着物と似合いの色糸を見付けて、針の孔《めど》へ通した。それからいかにも物馴れた調子で綻びを繕《つくろ》いにかかった。

男の針仕事――。いかにぎこちなく、侘《わび》しい形でそれが行われることだろう。雪子はあらかじめぞりっと寒気を催すと共に、その不快な醜さによってかの女の神経の肌《き》質《め》をささくれ立たされることを覚悟していたが、兄の手振りを見ておやおやと思って安心した。より以上に感心した。それは女のする通りの所作に違いないが、しかしその通りを男の青年がするのに、少しも男の格を崩し、また男の品位を塩垂れさすような女々しい窪《くぼ》みは見出せなかった。従容として、ただ優しい仕事に、男がいたわり携《たずさ》わっている自然の姿に外ならなかった。結局、兄の性格としてそれは身についた仕事であり、弟へしてやっている平常からの馴れであり、実は好みの就業となっているのかも知れない。

「男の針仕事もいいものだ」

と、雪子は胸の中でそう嘆声を漏《も》らしていた。

だが、雪子は羞明《まばゆ》いのを犯して、兄の縫う傍に立っている弟の裸身に眼をやると同時に、全面的に雪子に向って撞《つ》き入ろうとする魅惑を防禦して、かの女の筋肉の全細胞は一たん必死に収斂した。すぐ堪え切れない内応者があって、細胞はまた一時に爆発した。そしてすっかり困迷して痴呆状態に陥った雪子の心身へ、若く甘い魅惑は水の如く浸り込んだ。

雪子はこの若きダビデの姿をいかに語ろう――ミケランジェロの若きダビデの彫像の写真にしても、このときまだ雪子は知らない。後に欧洲の彷徨の旅で知ったのである。それは伊太利《イタリー》フロレンスの美術館の半円周の褐色の嵌め壁を背景にして立っていた。それが持つ憂愁の甘美は、西洋的の動物質と東洋的の植物性との違いはあるが、梅麿が持つものとほとんど同じだった――。健かな肉付きは、胸、背中から下腹部、腰、胴へと締って行き、こどもの豹《ひょう》を見るようだった。流暢《りゅうちょう》で構梁の慥《たし》かな肩の頂面に、つんもり扇形の肉が首の附根の背後へ上り、そこから青白く微紅を帯びた頸が擡《もた》げられた。

だが、雪子の魅せられたのはそういう一々のものではない。何代か封建制度の下に凝《こ》り固めた情熱を、明治、大正になってまだ点火されず、若《も》し点火されたら恨みの色を帯びた妖艶《ようえん》な焔《ほのお》となって燃えそうな、全部白蠟で作ったような脂肉のいろ光沢《つや》だった。それにはまた喰い込まれている白金の縄を感じた。

久隅雪子はほたる見物にことよせて私を招き、文学者である私にだけは是非《ぜひ》この話をして、自分のこの家に落着く気持を分担して貰《もら》い度《た》いのだった。この家はその奇矯な親子兄弟の棲んでいた家だった。雪子は話し終って、ほっとして云った。

「その父親が病死すると直《じ》きでしたの、その兄弟が心中しちまったのは……」

老妓抄

平出園子というのが老妓《ろうぎ》の本名だが、これは歌舞伎俳優の戸籍名のように当人の感じになずまないところがある。そうかといって職業上の名の小そのとだけでは、だんだん素人《しろうと》の素朴な気持ちに還《かえ》ろうとしている今日の彼女の気品にそぐわない。

ここではただ何となく老妓といって置く方がよかろうと思う。

人々は真昼の百貨店でよく彼女を見かける。

目立たない洋髪に結び、市楽《いちらく》の着物を堅気《かたぎ》風につけ、小女一人連れて、憂鬱な顔をして店内を歩き廻る。恰幅《かっぷく》のよい長身に両手をだらりと垂らし、投出して行くような足取りで、一つところを何度も廻り返す。そうかと思うと、紙凧《たこ》の糸のようにすっとのして行って、思いがけないような遠い売場に佇《たたず》む。彼女は真昼の寂しさ以外、何も意識していない。

こうやって自分を真昼の寂しさに憩《いこ》わしている、そのことさえも意識していない。ひょっと目星《めぼし》い品が視野から彼女を呼び覚すと、彼女の青みがかった横長の眼がゆったりと開いて、対象の品物を夢のなかの牡丹《ぼたん》のように眺める。唇が娘時代のように捲《まく》れ気味に、片隅へ寄ると其処《そこ》に微笑が泛《うか》ぶ。また憂鬱に返る。

だが、彼女は職業の場所に出て、好敵手が見つかると、はじめはちょっと呆《ほう》けたような表情をしたあとから、いくらでも快活に喋《しやべ》り出す。

新喜楽のまえの女将《おかみ》の生きていた時分に、この女将と彼女と、もう一人新橋のひさごあたりが一つ席に落合って、雑談でも始めると、この社会人の耳には典型的と思われる、機智と飛躍に富んだ会話が展開された。相当な年配の芸妓たちまで「話し振りを習おう」といって、客を捨てて老女たちの周囲に集った。

彼女一人のときでも、気に入った若い同業の女のためには、経歴談をよく話した。

何も知らない雛妓《おしやく》時代に、座敷の客と先輩との間に交される露骨な話に笑い過ぎて畳の上に粗相《そそう》をして仕舞い、座が立てなくなって泣き出してしまったことから始めて、囲いもの時代に、情人と逃げ出して、旦那におふくろを人質にとられた話や、もはや抱妓《かかえつこ》の二人三人も置くような看板ぬしになってからも、内実の苦しみは、五円の現金を借りるために、横浜往復十二円の月末払いの俥《くるま》に乗って行ったことや、彼女は相手の若い妓たちを笑いでへとへとに疲らせずには措《お》かないまで、話の筋は同じでも、趣向は変えて、その迫り方は彼女に物の怪《け》がつき、われ知らずに魅惑の爪を相手の女に突き立てて行くように見える。若さを嫉妬《しっと》して、老いが狡猾《こうかつ》な方法で巧みに責め苛《さいな》んでいるようにさえ見える。

若い芸妓たちは、とうとう髪を振り乱して、両脇腹を押え喘《あえ》いでいうのだった。

「姐《ねえ》さん、頼むからもう止してよ。この上笑わせられたら死んでしまう」

老妓は、生きてる人のことは決して語らないが、故人で馴染《なじみ》のあった人については一皮剝いた彼女独特の観察を語った。それ等の人の中には思いがけない素人や芸人もあった。

支那の名優の梅蘭芳《メイランファン》が帝国劇場に出演しに来たとき、その肝煎《きもい》りをした某富豪に向って、老妓は「費用はいくらかかっても関《かま》いませんから、一度のおりをつくって欲しい」と頼み込んで、その富豪に宥《なだ》め返されたという話が、嘘か本当か、彼女の逸話の一つになっている。

笑い苦しめられた芸妓の一人が、その復讐のつもりもあって

「姐さんは、そのとき、銀行の通帳を帯揚げから出して、お金ならこれだけありますと、その方に見せたというが、ほんとうですか」と訊《き》く。

すると、彼女は

「ばかばかしい。子供じゃあるまいし、帯揚げのなんのって……」

こどものようになって、ぷんぷん怒るのである。その真偽《しんぎ》はとにかく、彼女からこういうぶな態度を見たいためにも、若い女たちはしばしば訊いた。

「だがね。おまえさんたち」と小そのは総《すべ》てを語ったのちにいう、「何人男を代えてもつづまるところ、たった一人の男を求めているに過ぎないのだね。いまこうやって思い出して見て、この男、あの男と部分々々に牽《ひ》かれるものの残っているところは、その求めている男の一部々々の切れはしなのだよ。だから、どれもこれも一人では永くは続かなかったのさ」

「そして、その求めている男というのは」と若い芸妓たちは訊き返すと
「それがはっきり判れば、苦労なんかしやしないやね」それは初恋の男のようでもあり、また、この先、見つかって来る男かも知れないのだと、彼女は日常生活の場合の憂鬱な美しさを生地《きじ》で出して云った。

「そこへ行くと、堅気さんの女は羨《うらや》ましいねえ。親がきめて呉れる、生涯ひとりの男を持って、何も迷わずに子供を儲《もう》けて、その子供の世話になって死んで行く」

ここまで聴くと、若い芸妓たちは、姐さんの話もいいがあとが人をくさらしていけないと評するのであった。

小そのが永年の辛苦《しんく》で一通りの財産も出来、座敷の勤めも自由な選択が許されるよ

うになった十年ほど前から、何となく健康で常識的な生活を望むようになった。芸者屋をしている表店と彼女の住っている裏の蔵附の座敷とは隔離してしまって、しもたや風の出入口を別に露地から表通りへつけるように造作したのも、その現れの一つであるし、遠縁の子供を貰《もら》って、養女にして女学校へ通わせたのもその現れの一つである。彼女の稽古事が新時代的のものや知識的のものに移って行ったのも、或《あるい》はまたその現れの一つと云えるかも知れない。この物語を書き記す作者のもとへは、下町のある知人の紹介で和歌を学びに来たのであるが、そのとき彼女はこういう意味のことを云った。

芸者というものは、調法ナイフのようなもので、これと云って特別によく利くこともいらないが、大概なことに間に合うものだけは持っていなければならない。どうかその程度に教えて頂き度《た》い。この頃は自分の年恰好から、自然上品向きのお客さんのお相手をすることが多くなったから。

作者は一年ほどこの母ほども年上の老女の技能を試みたが、和歌は無い素質ではなかったが、むしろ俳句に適する性格を持っているのが判ったので、やがて女流俳人の××女に紹介した。老妓はそれまでの指導の礼だといって、出入りの職人を作者の家へ寄越して、中庭に下町風の小さな池と噴水を作って呉れた。

彼女が自分の母屋《おもや》を和洋折衷《せっちゅう》風に改築して、電化装置にしたのは、彼女が職業先の料亭のそれを見て来て、負けず嫌いからの思い立ちに違いないが、設備して見て、彼女はこの文明の利器が現す働きには、健康的で神秘なものを感ずるのだった。

水を口から注ぎ込むとたちまち湯になって栓口から出るギザーや、煙管《きせる》の先で圧すと、すぐ種火が点じて煙草に燃えつく電気莨盆《たばこぼん》や、それらを使いながら、彼女の心は新鮮に慄《ふる》えるのだった。

「まるで生きものだね、ふーむ、物事は万事こういかなくっちゃ……」

その感じから想像に生れて来る、端的で速力的な世界は、彼女に自分のして来た生涯を顧《かえり》みさせた。

「あたしたちのして来たことは、まるで行燈《あんどん》をつけては消し、消してはつけるようなまどろい生涯だった」

彼女はメートルの費用の嵩《かさ》むのに少からず辟易《へきえき》しながら、電気装置をいじるのを楽しみに、しばらくは毎朝こどものように早起した。

電気の仕掛けはよく損じた。近所の蒔田《まきた》という電気器具商の主人が来て修繕した。彼女はその修繕するところに附纏《つきまと》って、珍らしそうに見ているうちに、彼女にいくらかの電気の知識が摂《と》り入れられた。

「陰の電気と陽の電気が合体すると、そこにいろいろの働きを起して来る。ふーむ、こりゃ人間の相性とそっくりだねえ」

彼女の文化に対する驚異は一層深くなった。

女だけの家では男手の欲しい出来事がしばしばあった。それで、この方面の支弁も兼ねて蒔田が出入りしていたが、あるとき、蒔田は一人の青年を伴って来て、これから電気の方のことはこの男にやらせると云った。名前は柚木《ゆき》といった。快活で事もなげな青年で、家の中を見廻しながら

「芸者屋にしちゃあ、三味線がないなあ」などと云った。度々《たびたび》来ているうち、その事もなげな様子と、それから人の気先《きさき》を撥《は》ね返す颯爽《さっそう》とした若い気分が、いつの間にか老妓の手頃な言葉仇《がたき》となった。

「柚木君の仕事はチャチだね。一週間と保《も》った試しはないぜ」彼女はこんな言葉を使うようになった。

「そりゃそうさ、こんなつまらない仕事は、パッションが起らないからねえ」

「パッションて何だい」

「パッションかい、ははは、そうさなあ、君たちの社会の言葉でいうなら、うん、そうだ、いろ気が起らないということだ」

ふと、老妓は自分の生涯に憐みの心が起った。パッションとやらが起らずに、ほとんど生涯勤めて来た座敷の数々、相手の数々が思い泛《うか》べられた。

「ふむ、そうかい。じゃ、君、どういう仕事ならいろ気が起るんだい」

青年は発明をして、専売特許を取って、金を儲けることだといった。

「なら、早くそれをやればいいじゃないか」

柚木は老妓の顔を見上げたが

「やればいいじゃないかって、そう事が簡単に……（柚木はここで舌打をした）だから君たちは遊び女《め》といわれるんだ」

「いやそうでないね。こう云い出したからには、こっちに相談に乗ろうという腹があるからだよ。食べる方は引受けるから、君、思う存分にやってみちゃどうだね」

こうして、柚木は蒔田の店から、小そのが持っている家作の一つに移った。老妓は柚木のいうままに家の一部を工房に仕替え、多少の研究の機械類も買ってやった。

小さい時から苦学をしてやっと電気学校を卒業はしたが、目的のある柚木は、体を縛られる勤人になるのは避けて、ほとんど日傭《ひよう》取り同様の臨時雇いになり、市中の電気器具店廻りをしていたが、ふと蒔田が同郷の中学の先輩で、その上世話好きの男なのに絆《ほだ》され、しばらくその店務を手伝うことになって住み込んだ。だが蒔田の家には子供が多いし、こまこました仕事は次から次とあるし、辟易していた矢先だったのですぐに老妓の後援を受け入れた。しかし、彼はたいして有難いとは思わなかった。散々あぶく銭を男たちから絞って、好き放題なことをした商売女が、年老いて良心への償いのため、誰でもこんなことはしたいのだろう。こっちから恩恵を施してやるのだという太々しい考《かんがえ》は持たないまでも、老妓の好意を負担には感じられなかった。生れて始めて、日々の糧の心配なく、専心に書物の中のことと、実験室の成績と突き合せながら、使える部分を自分の工夫の中へ鞣《なめ》し取って、世の中にないものを創り出して行こうとする静かで足取りの確かな生活は幸福だった。柚木は自分ながら壮軀と思われる身体に、麻布のブルーズを着て、頭を鏝《こて》で縮らし、椅子に斜に倚《よ》って、煙草を燻《く》ゆらしている自分の姿を、柱かけの鏡の中に見て、前とは別人のように思い、また若き発明家に相応《ふさ》わしいものに自分ながら思った。工房の外は廻り縁になっていて、矩形《くけい》の細長い庭には植木も少しはあった。彼は仕事に疲れると、この縁へ出て仰向けに寝転び、都会の少し淀んだ青空を眺めながら、いろいろの空想をまどろみの夢に移し入れた。

小そのは四五日目毎に見舞って来た。ずらりと家の中を見廻して、暮しに不自由そうな部分を憶えて置いて、あとで自宅のものの誰かに運ばせた。

「あんたは若い人にしちゃ世話のかからない人だね。いつも家の中はきちんとしているし、よごれ物一つ溜めてないね」

「そりゃそうさ。母親が早く亡くなっちゃったから、あかんぼのうちから襁褓《おむつ》を自分で洗濯して、自分で当てがった」

老妓は「まさか」と笑ったが、悲しい顔付きになって、こう云った。

「でも、男があんまり細かいことに気のつくのは偉くなれない性分じゃないのかい」

「僕だって、根からこんな性分でもなさ相だが、自然と慣らされてしまったのだね。ちっとでも自分にだらしがないところが眼につくと、自分で不安なのだ」

「何だか知らないが、欲しいものがあったら、遠慮なくいくらでもそうお云いよ」

初午《はつうま》の日には稲荷鮨《いなりずし》など取寄せて、母子のような寛《くつろ》ぎ方で食べたりした。

養女のみち子の方は気紛れであった。来はじめると毎日のように来て、柚木を遊び相手にしようとした。小さい時分から情事を商品のように取扱いつけているこの社会に育って、いくら養母が遮断したつもりでも、商品的の情事が心情に染みないわけはなかった。早くからマセて仕舞って、しかも、それを形式だけに覚えて仕舞った。青春などは素通りして仕舞って、心はこどものまま固って、その上皮にほんの一重《ひとえ》大人の分別がついてしまった。柚木は遊び事には気が乗らなかった。興味が弾《はず》まないままみち子は来るのが途絶《とだ》えて、久しくしてからまたのっそりと来る。自分の家で世話をしている人間に若い男が一人いる、遊びに行かなくちゃ損だというくらいの気持ちだった。老母が縁もゆかりもない人間を拾って来て、不服らしいところもあった。

みち子は柚木の膝の上へ無造作に腰をかけた。様式だけは完全な流眄《ながしめ》をして
「どのくらい目方があるか量《はか》ってみてよ」

柚木は二三度膝を上げ下げしたが
「結婚適齢期にしちゃあ、情操のカンカンが足りないね」

「そんなことはなくってよ。学校で操行点はAだったわよ」

みち子は柚木のいう情操という言葉の意味をわざと違えて取ったのか、本当に取り違えたものか——

柚木は衣服の上から娘の体格を探って行った。それは栄養不良の子供が一人前の女の嬌態をする正体を発見したような、おかしみがあったので、彼はつい失笑した。

「ずいぶん失礼ね」

「どうせあなたは偉いのよ」みち子は怒って立上った。

「まあ、せいぜい運動でもして、おっかさん位な体格になるんだね」

みち子はそれ以後何故とも知らず、しきりに柚木に憎みを持った。


半年ほどの間、柚木の幸福感は続いた、しかし、それから先、彼は何となくぼんやりして来た。目的の発明が空想されているうちは、確に素晴らしく思ったが、実地に調べたり、研究する段になると、自分と同種の考案はすでにいくつも特許されていて、たとえ自分の工夫の方がずっと進んでいるにしても、既許のものとの牴触《ていしょく》を避けるため、かなり模様を変えねばならなくなった。その上こういう発明器が果して社会に需要されるものやらどうかも疑われて来た。実際専門家から見ればいいものなのだが、一向社会に行われない結構な発明があるかと思えば、ちょっとした思付きのもので、非常に当ることもある。発明にはスペキュレーションを伴うということも、柚木は兼ね兼ね承知していることではあったが、その運びがこれほど思いどおり素直に行かないものだとは、実際にやり出してはじめて痛感するのだった。

しかし、それよりも柚木にこの生活への熱意を失わしめた原因は、自分自身の気持ちに在った。前に人に使われて働いていた時分は、生活の心配を離れて、専心に工夫に没頭したら、さぞ快いだろうという、その憧憬から日々の雑役も忍べていたのだが、その通りに朝夕を送れることになってみると、単調で苦渋なものだった。ときどきあまり静で、その上全く誰にも相談せず、自分一人だけの考を突き進めている状態は、何だか見当違いなことをしているため、とんでもない方向へ外れていて、社会から自分一人が取り残されたのではないかという脅えさえ屢々《しばしば》起った。

金儲けということについても疑問が起った。この頃のように暮しに心配がなくなりほんの気晴らしに外へ出るにしても、映画を見て、酒場へ寄って、微酔を帯びて、円タクに乗って帰るぐらいのことで充分すむ。その上その位な費用なら、そう云えば老妓は快く呉れた。そしてそれだけで自分の慰楽は充分満足だった。柚木は二三度職業仲間に誘われて、女道楽をしたこともあるが、売もの、買いもの以上に求める気は起らず、それより、早く気儘《きまま》の出来る自分の家へ帰って、のびのびと自分の好みの床に寝たい気がしきりに起った。彼は遊びに行っても外泊は一度もしなかった。彼は寝具だけは身分不相応のものを作っていて、羽根蒲団《ぶとん》など、自分で鳥屋から羽根を買って来て器用に拵《こしら》えていた。

いくら探してみてもこれ以上の慾が自分に起りそうもない、妙に中和されて仕舞った自分を発見して柚木は心寒くなった。

これは、自分等の年頃の青年にしては変態になったのではないかしらんとも考えた。それに引きかえ、あの老妓は何という女だろう。憂鬱な顔をしながら、根に判らない逞ましいものがあって、稽古ごと一つだって、次から次へと、未知のものを貪《むさぼ》り食って行こうとしている。常に満足と不満が交る交る彼女を押し進めている。

小そのがまた見廻りに来たときに、柚木はこんなことから訊く話を持ち出した。

「フランスレビュウの大立物の女優で、ミスタンゲットというのがあるがね」

「ああそんなら知ってるよ。レコードで……あの節廻しはたいしたもんだね」

「あのお婆さんは体中の皺を足の裏へ、括《くく》って溜めているという評判だが、あんたなんかまだその必要はなさそうだなあ」

老妓の眼はぎろりと光ったが、すぐ微笑して

「あたしかい、さあ、もうだいぶ年越の豆の数も殖えたから、前のようには行くまい

が、まあ試しに」といって、老妓は左の腕の袖口を捲《まく》って柚木の前に突き出した。

「あんたがだね。ここの腕の皮を親指と人差指で力一ぱい抓《つね》って圧えててご覧」

柚木はいう通りにしてみた。柚木にそうさせて置いてから、老妓はその反対側の腕の皮膚を自分の右の二本の指で抓って引くと、柚木の指に挟まっていた皮膚はじいわり滑り抜けて、もとの腕の形に納まるのである。もう一度柚木は力を籠めて試してみたが、老妓にひかれると滑り去って抓り止めていられなかった。鰻《うなぎ》の腹のような靭《つよ》い滑《なめら》かさと、羊皮紙のような神秘な白い色とが、柚木の感覚にいつまでも残った。

「気持ちの悪い……。だが、驚いたなあ」

老妓は腕に指痕の血の気がさしたのを、縮緬《ちりめん》の襦袢《じゅばん》の袖で擦り散らしてから、腕を納めていった。

「小さいときから、打ったり叩《たた》かれたりして踊りで鍛えられたお蔭だよ」

だが、彼女はその幼年時代の苦労を思い起して、暗澹《あんたん》とした顔つきになった。

「おまえさんは、この頃、どうかおしかえ」

と老妓はしばらく柚木をじろじろ見ながらいった。

「いいえさ、勉強しろとか、早く成功しろとか、そんなことをいうんじゃないよ。まあ、魚にしたら、いきが悪くなったように思えるんだが、どうかね。自分のことだけだって考え剰《あま》っている筈の若い年頃の男が、年寄の女に向って年齢のことを気遣うのなども、もう皮肉に気持ちがこずんで来た証拠だね」

柚木は洞察の鋭さに舌を巻きながら、正直に白状した。

「駄目だな、僕は、何も世の中にいろ気がなくなったよ。いや、ひょっとしたら始めからない生れつきだったかも知れない」

「そんなこともなかろうが、しかし、もしそうだったら困ったものだね。君は見違えるほど体など肥って来たようだがね」

事実、柚木はもとよりいい体格の青年が、ふーと膨れるように脂肪がついて、坊ちゃんらしくなり、茶色の瞳の眼の上瞼《うわまぶた》の腫《は》れ具合や、顎が二重に括《くく》れて来たところに艶《つや》めいたいろさえつけていた。

「うん、体はとてもいい状態で、ただこうやっているだけで、とろとろしたいい気持ちで、よっぽど気を張り詰めていないと、気にかけなくちゃならないことも直ぐ忘れているんだ。それだけ、また、ふだん、いつも不安なのだよ。生れてこんなこと始めてだ」

「麦とろの食べ過ぎかね」老妓は柚木がよく近所の麦飯ととろろを看板にしている店から、それを取寄せて食べるのを知っているものだから、こうまぜっかえしたが、すぐ真面目になり「そんなときは、何でもいいから苦労の種を見付けるんだね。苦労もほどほどの分量にゃ持ち合せているもんだよ」

それから二三日経って、老妓は柚木を外出に誘った。連れにはみち子と老妓の家の抱えでない柚木の見知らぬ若い芸妓が二人いた。若い芸妓たちは、ちょっとした盛装をしていて、老妓に

「姐さん、今日はありがとう」と丁寧《ていねい》に礼を云った。

老妓は柚木に

「今日は君の退屈の慰労会をするつもりで、これ等の芸妓たちにも、ちゃんと遠出の費用を払ってあるのだ」と云った。「だから、君は旦那になったつもりで、遠慮なく愉快をすればいい」

なるほど、二人の若い芸妓たちは、よく働いた。竹屋の渡しを渡船に乗るときには年下の方が柚木に「おにいさん、ちょっと手を取って下さいな」と云った。そして船の中へ移るとき、わざとよろけて柚木の背を抱えるようにして摑《つかま》った。柚木の鼻に香油の匂いがして、胸の前に後襟の赤い裏から肥った白い首がむっくり抜き出て、ぼんの窪《くぼ》の髪の生え際が、青く霞めるところまで、突きつけたように見せた。顔は少し横向きになっていたので、厚く白粉《おしろい》をつけて、白いエナメルほど照りを持つ頰から中高の鼻が彫刻のようにはっきり見えた。

老妓は船の中の仕切りに腰かけていて、帯の間から煙草入れとライターを取出しか

けながら
「いい景色だね」と云った。

円タクに乗ったり、歩いたりして、一行は荒川放水路の水に近い初夏の景色を見て廻った。工場が殖え、会社の社宅が建ち並んだが、むかしの鐘ヶ淵や、綾瀬の面かげは石炭殻の地面の間に、ほんの切れ端になってところどころに残っていた。綾瀬川の名物の合歓《ねむ》の木は少しばかり残り、対岸の蘆洲《あしす》の上に船大工だけ今もいた。

「あたしが向島の寮に囲われていた時分、旦那がとても嫉妬家《やきもちやき》でね、この界隈《かいわい》から外へは決して出して呉れない。それであたしはこの辺を散歩すると云って寮を出るし、男はまた鯉釣りに化けて、この土手下の合歓の並木の陰に船を繋《もや》って、そこでいまいうランデヴウをしたものさね」

夕方になって合歓の花がつぼみかかり、船大工の槌《つち》の音がいつの間にか消えると、青白い河靄《かわもや》がうっすり漂う。

「私たちは一度心中の相談をしたことがあったのさ。なにしろ舷《ふなべり》一つ跨《また》げば事が済むことなのだから、ちょっと危かった」

「どうしてそれを思い止ったのか」と柚木は、思い詰めた若い男女を想像しながら訊いた。

「いつ死のうかと逢う度毎に相談しながら、のびのびになっているうちに、ある日川の向うに心中態の土左衛門が流れて来たのだよ。人だかりの間から熟々眺めて来て男は云ったのさ。心中ってものも、あれはざまの悪いものだ、やめようって」

「あたしは死んで仕舞ったら、この男にはよかろうが、あとに残る旦那が可哀想だという気がして来てね。どんな身の毛のよだつような男にしろ、嫉妬《やきもち》をあれほど妬《や》かれるとあとに心が残るものさ」

若い芸妓たちは「姐さんの時代ののんきな話を聴いていると、私たちきょう日の働き方が熟々がつがつにおもえて、いやんなっちゃう」と云った。

すると老妓は「いや、そうでないねえ」と手を振った。「この頃はこの頃でいいところがあるよ。それにこの頃は何でも話が手取り早くて、まるで電気のようでさ、そしていろいろの手があって面白いじゃないか」

そういう言葉に執成《とりな》されたあとで、年下の芸妓を主に年上の芸妓が介添《かいぞえ》になって、頻《しき》りに艶《なま》めかしく柚木を取持った。

みち子はというと何か非常に動揺させられているように見えた。

はじめは軽蔑した超然とした態度で、一人離れて、携帯のライカで景色など撮《うつ》していたが、にわかに柚木に慣れ慣れしくして、柚木の歓心を得ることにかけて、芸妓たちに勝越そうとする態度を露骨に見せたりした。

そういう場合、未成熟の娘《なま》の心身から、利かん気を僅かに絞り出す、病鶏《やみどり》のささ身ほどの肉感的な匂いが、柚木には妙に感覚にこたえて、思わず肺の底へ息を吸わした。だが、それは刹那《せつな》的のものだった。心に打ち込むものはなかった。

若い芸妓たちは、娘の挑戦を快くは思わなかったらしいが、大姐さんの養女のことではあり、自分達は職業的に来ているのだから、無理な骨折りを避けて、娘が努めるうちは媚《こ》びを差控え、娘の手が緩《ゆる》むと、またサーヴィスする。みち子にはそれが自分の菓子の上にたかる蠅のようにうるさかった。

何となくその不満の気持ちを晴らすらしく、みち子は老妓に当ったりした。

老妓はすべてを大して気にかけず、悠々と土手でカナリヤの餌のはこべを摘んだり菖蒲《しょうぶ》園できぬかつぎを肴《さかな》にビールを飲んだりした。

夕暮になって、一行が水神《すいじん》の八百松へ晩餐をとりに入ろうとすると、みち子は、柚木をじろりと眺めて

「あたし、和食のごはんたくさん、一人で家に帰る」と云い出した。芸妓たちが驚いて、では送ろうというと、老妓は笑って

「自動車に乗せてやれば、何でもないよ」といって通りがかりの車を呼び止めた。

自動車の後姿を見て老妓は云った。

「あの子も、おつな真似をすることを、ちょんぼり覚えたね」

柚木にはだんだん老妓のすることが判らなくなった。むかしの男たちへの罪滅しのために若いものの世話でもして気を取直すつもりかと思っていたが、そうでもない。近頃この界隈に噂が立ちかけて来た、老妓の若い燕《つばめ》というそんな気配はもちろん、老妓は自分に対して現わさない。

何で一人前の男をこんな放胆な飼い方をするのだろう。柚木は近頃工房へは少しも入らず、発明の工夫も断念した形になっている。そして、そのことを老妓はとくに知っている癖に、それに就いては一言も云わないだけに、いよいよパトロンの目的が疑われて来た。縁側に向いている硝子《ガラス》窓から、工房の中が見えるのを、なるべく眼を外らして、縁側に出て仰向けに寝転ぶ。夏近くなって庭の古木は青葉を一せいにつけ、池を埋めた渚《なぎさ》の残り石から、いちはつやつつじの花が虻《あぶ》を呼んでいる。空は凝って青く澄み、大陸のような雲が少し雨気で色を濁しながらゆるゆる移って行く。隣の乾物《ほしもの》の陰に桐の花が咲いている。

柚木は過去にいろいろの家に仕事のために出入りして、醬油樽の黴臭《かびくさ》い戸棚の隅に首を突込んで窮屈な仕事をしたことや、主婦や女中に昼の煮物を分けて貰って弁当を使ったことや、その頃は嫌だった事が今ではむしろなつかしく想い出される。蒔田の狭い二階で、注文先からの設計の予算表を造っていると、子供が代る代る来て、頸筋が赤く腫れるほど取りついた。小さい口から嘗《な》めかけの飴玉を取出して、涎《よだれ》の糸をひいたまま自分の口に押し込んだりした。

彼は自分は発明なんて大それたことより、普通の生活が欲しいのではないかと考え始めたりした。ふと、みち子のことが頭に上った。老妓は高いところから何も知らない顔をして、鷹揚《おうよう》に見ているが、実は出来ることなら自分をみち子の婿《むこ》にでもして、ゆくゆく老後の面倒でも見て貰おうとの腹であるのかも知れない。だがまたそうとばかり判断も仕切れない。あの気嵩《きがさ》な老妓がそんなしみったれた計画で、ひとに好意をするのでないことも判る。

みち子を考える時、形式だけは十二分に整っていて、中味は実が入らず仕舞いになった娘、柚木はみなし茹《ゆ》で栗の水っぽくぺちゃぺちゃな中身を聯想して苦笑したが、この頃みち子が自分に憎みのようなものや、反感を持ちながら、妙に粘って来る態度が心にとまった。

彼女のこの頃の来方は気紛れでなく、一日か二日置き位な定期的なものになった。

みち子は裏口から入って来た。彼女は茶の間の四畳半と工房が座敷の中に仕切って拵《こしら》えてある十二畳の客座敷との襖《ふすま》を開けると、そこの敷居の上に立った。片手を柱に凭《もた》せ体を少し捻って嬌態を見せ、片手を拡げた袖の下に入れて、写真を撮るときのようなポーズを作った。俯向《うつむ》き加減に眼を不機嫌らしく額越しに覗《のぞ》かして
「あたし来てよ」と云った。

縁側に寝ている柚木はただ「うん」と云っただけだった。
みち子はもう一度同じことを云って見たが、同じような返事だったので、本当に腹を立て
「何て不精《ぶしよう》たらしい返事なんだろう、もう二度と来てやらないから」と云った。
「仕様のない我儘《わがまま》娘だな」と云って、柚木は上体を起上らせつつ、足を胡坐《あぐら》に組みながら
「ほほう、今日は日本髪か」とじろじろ眺めた。
「知らない」といって、みち子はくるりと後向きになって着物の背筋に拗《す》ねた線を作った。柚木は、華やかな帯の結び目の上はすぐ、突襟のうしろ口になり、頸の附根を真っ白く富士形に覗かせて誇張した媚態《びたい》を示す物々しさに較べて、帯の下の腰つきから裾は、一本花のように急に削《そ》げていて味もそっけもない少女のままなのを異様に眺めながら、この娘が自分の妻になって、何事も自分に気を許し、何事も自分に頼りながら、小うるさく世話を焼く間柄になった場合を想像した。それでは自分の一生も案外小ぢんまりした平凡に規定されて仕舞う寂寞の感じはあったが、しかし、また何かそうなって見ての上のことでなければ判らない不明な珍らしい未来の想像が、現在の自分の心情を牽《ひ》きつけた。
柚木は額を小さく見せるまでたわわに前髪や鬢《びん》を張り出した中に整い過ぎたほど型

通りの美しい娘に化粧したみち子の小さい顔に、もっと自分を夢中にさせる魅力を見出したくなった。

「もう一ぺんこっちを向いてご覧よ、とても似合うから」

みち子は右肩を一つ揺ったが、すぐくるりと向き直って、ちょっと手を胸と鬢へやって掻《か》い繕《つくろ》った。「うるさいのね、さあ、これでいいの」彼女は柚木が本気に自分を見入っているのに満足しながら、薬玉《くすだま》の簪《かんざし》の垂れをピラピラさせて云った。

「ご馳走を持って来てやったのよ。当ててご覧なさい」

柚木はこんな小娘に嬲《なぶ》られる甘さが自分に見透かされたのかと、心外に思いながら

「当てるの面倒臭い。持って来たのなら、早く出し給え」と云った。

みち子は柚木の権柄《けんぺい》ずくにたちまち反抗心を起して「人が親切に持って来てやったのを、そんなに威張るのなら、もうやらないわよ」と横向きになった。

「出せ」と云って柚木は立上った。彼は自分でも、自分が今、しかかる素振りに驚きつつ、彼は権威者のように「出せと云ったら、出さないか」と体を嵩張《かさば》らせて、のそのそとみち子に向って行った。

自分の一生を小さい陥穽《かんせい》に嵌《は》め込んで仕舞う危険と、何か不明の牽引力の為めに、危険と判り切ったものへ好んで身を挺して行く絶体絶命の気持ちとが、生れて始めての極度の緊張感を彼から抽《ひ》き出した。自己嫌悪に打負かされまいと思って、彼の額か

ら脂汗がたらたらと流れた。

みち子はその行動をまだ彼の冗談半分の権柄ずくの続きかと思って、ふざけて軽蔑するように眺めていたが、だいぶ模様が違うので途中から急に恐ろしくなった。

彼女はやや茶の間の方へ退《すさ》りながら「誰が出すもんか」と小さく呟いていたが、柚木が彼女の眼を火の出るように見詰めながら、徐々に懐中から一つずつ手を出して彼女の肩にかけると、恐怖のあまり「あっ」と二度ほど小さく叫び、彼女の何の修装もない生地の顔が感情を露出して、眼鼻や口がばらばらに配置された。「出し給え」「早く出せ」その言葉の意味は空虚で、柚木の腕から太い戦慄が伝って来た。柚木の大きい咽喉仏《のどぼとけ》がゆっくり生唾《なまつば》を飲むのが感じられた。

彼女は眼を裂けるように見開いて「ご免なさい」と泣声になって云ったが、柚木はまるで感電者のように、顔を痴呆にして、鈍く蒼ざめ、眼をもとのように据えたままただ戦慄だけをいよいよ激しく両手からみち子の体に伝えていた。

みち子はついに何ものかを柚木から読み取った。普段「男は案外臆病なものだ」と養母の言った言葉がふと思い出された。

立派な一人前の男が、そんなことで臆病と戦っているのかと思うと、彼女は柚木が人のよい大きい家畜のように可愛ゆく思えて来た。

彼女はばらばらになった顔の道具をたちまちまとめて、愛嬌したたるような媚びの笑顔に造り直した。

「ばか、そんなにしないだって、ご馳走あげるわよ」

柚木の額の汗を掌でしゅっと払い捨ててやり
「こっちにあるから、いらっしゃいよ。さあね」

ふと鳴って通った庭樹の青嵐を振返ってから、柚木のがっしりした腕を把《と》った。


さみだれが煙るように降る夕方、老妓は傘をさして、玄関横の柴折戸《しおりど》から庭へ入って来た。渋い座敷着を着て、座敷へ上ってから、褄《つま》を下ろして坐った。

「お座敷の出がけだが、ちょっとあんたに云っとくことがあるので寄ったんだがね」

莨入《たばこい》れを出して、煙管で煙草盆代りの西洋皿を引寄せて
「この頃、うちのみち子がしょっちゅう来るようだが、なに、それについて、とやかく云うんじゃないがね」

若い者同志のことだから、もしやということも彼女は云った。

「そのもしやもだね」

本当に性が合って、心の底から惚《ほ》れ合うというのなら、それは自分も大賛成なのである。

「けれども、もし、お互いが切れっぱしだけの惚れ合い方で、ただ何かの拍子で出来合うということでもあるなら、そんなことは世間にはいくらもあるし、つまらない。必ずしもみち子を相手取るにも当るまい。私自身も永い一生そんなことばかりで苦労して来た。それなら何度やっても同じことなのだ」

仕事であれ、男女の間柄であれ、湿り気のない没頭した一途《いちず》な姿を見たいと思う。私はそういうものを身近に見て、素直に死に度いと思う。

「何も急いだり、焦《あせ》ったりすることはいらないから、仕事なり恋なり、無駄をせず、一揆《いっき》で心残りないものを射止めて欲しい」と云った。

柚木は「そんな純粋なことは今どき出来もしなけりゃ、在るものでもない」と磊落《らいらく》に笑った。

老妓も笑って

「いつの時代だって、心懸けなきゃ滅多にないさ。だから、ゆっくり構えて、まあ、好きなら麦とろでも食べて、運の籤《くじ》の性質をよく見定めなさいというのさ。幸い体がいいからね。根気も続きそうだ」

車が迎えに来て、老妓は出て行った。

柚木はその晩ふらふらと旅に出た。

老妓の意志はかなり判って来た。それは彼女に出来なかったことを自分にさせようとしているのだ。しかし、彼女が彼女に出来なくて自分にさせようとしていることなぞは、彼女とて自分とて、またいかに運の籤のよきものを抽《ひ》いた人間とて、現実では出来ない相談のものなのではあるまいか。現実というものは、切れ端は与えるが、全部はいつも眼の前にちらつかせて次々と人間を釣って行くものではなかろうか。

自分はいつでも、そのことについては諦めることが出来る。しかし彼女は諦めということを知らない。その点彼女に不敏なところがあるようだ。だがある場合には不敏なものの方に強味がある。

たいへんな老女がいたものだ、と柚木は驚いた。何だか甲羅《こうら》を経て化けかかっているようにも思われた。悲壮な感じにも衝《う》たれたが、また、自分が無謀なその企てに捲き込まれる嫌な気持ちもあった。出来ることなら老女が自分を乗せかけている果しも知らぬエスカレーターから免れて、つんもりした手製の羽根蒲団のような生活の中に潜り込み度いものだと思った。彼はそういう考えを裁くために、東京から汽車で二時間ほどで行ける海岸の旅館へ来た。そこは蒔田の兄が経営している旅館で、蒔田に頼まれて電気装置を見廻りに来てやったことがある。広い海を控え雲の往来の絶え間ない山があった。こういう自然の間に静思して考えを纏《まと》めようということなど、彼には今までについぞなかったことだ。

体のよいためか、ここへ来ると、新鮮な魚はうまく、潮を浴びることは快かった。しきりに哄笑が内部から湧き上って来た。

第一にそういう無限な憧憬にひかれている老女がそれを意識しないで、刻々のちまぢました生活をしているのがおかしかった。それからある種の動物は、ただその周囲の地上に圏《わ》の筋をひかれただけで、それを越し得ないというそれのように、柚木はここへ来ても老妓の雰囲気から脱し得られない自分がおかしかった。その中に籠められているときは重苦しく退屈だが、離れるとなると寂しくなる。それ故に、自然と探し出して貰い度い底心の上に、判り易い旅先を選んで脱走の形式を採っている自分の現状がおかしかった。

みち子との関係もおかしかった。何が何やら判らないで、一度稲妻のように掠《かす》れ合った。

滞在一週間ほどすると、電気器具店の蒔田が、老妓から頼まれて、金を持って迎えに来た。蒔田は「面白くないこともあるだろう。早く収入の道を講じて独立するんだね」と云った。

柚木は連れられて帰った。しかし、彼はこの後、たびたび出奔癖《しゅっぽんへき》がついた。

「おっかさんまた柚木さんが逃げ出してよ」

運動服を着た養女のみち子が、蔵の入口に立ってそう云った。自分の感情はそっちのけに、養母が動揺するのを気味よしとする皮肉なところがあった。「ゆんべもおといの晩も自分の家へ帰って来ませんとさ」

新日本音楽の先生の帰ったあと、稽古場にしてある土蔵の中の畳敷の小ぢんまりした部屋になおひとり残って、復習直《さらい》しをしていた老妓は、三味線をすぐ下に置くと、内心口惜しさが漲《みなぎ》りかけるのを気にも見せず、けろりとした顔を養女に向けた。

「あの男。また、お決まりの癖が出たね」

長煙管で煙草を一ぷく喫《す》って、左の手で袖口を摑み展《ひら》き、着ている大島の男縞が似合うか似合わないか検《ため》してみる様子をしたのち

「うっちゃってお置き、そうそうはこっちも甘くなってはいられないんだから」

そして膝の灰をぽんぽんと叩いて、楽譜をゆっくり仕舞いかけた。いきり立ちでもするかと思った期待を外された養母の態度にみち子は詰らないという顔をして、ラケットを持って近所のコートへ出かけて行った。すぐそのあとで老妓は電気器具屋に電話をかけ、いつも通り蒔田に柚木の探索を依頼した。遠慮のない相手に向って放つその声には自分が世話をしている青年の手前勝手を詰《なじ》る激しい鋭さが、発声口から聴話器を握っている自分の手に伝わるまでに響いたが、彼女の心の中は不安な脅えがやや情緒的に醱酵《はっこう》して寂しさの微醺《ほろよい》のようなものになって、精神を活潑にしていた。

電話器から離れると彼女は
「やっぱり若い者は元気があるね。そうなくちゃ」呟きながら眼がしらにちょっと袖口を当てた。彼女は柚木が逃げる度に、柚木に尊敬の念を持って来た。だがまた彼女は、柚木がもし帰って来なくなったらと想像すると、毎度のことながら取り返しのつかない気がするのである。

真夏の頃、すでに××女に紹介して俳句を習っている筈の老妓からこの物語の作者に珍らしく、和歌の添削《てんさく》の詠草が届いた。作者はそのとき偶然老妓が以前、和歌の指導の礼に作者に拵えて呉れた中庭の池の噴水を眺める縁側で食後の涼を納《い》れていたので、そこで取次ぎから詠草を受取って、池の水音を聴き乍《なが》ら、非常な好奇心をもって久しぶりの老妓の詠草を調べてみた。その中に最近の老妓の心境が窺《うかが》える一首があるので紹介する。もっとも原作に多少の改削を加えたのは、師弟の作法というより、読む人への意味の疏通をより良くするために外ならない。それは僅に修辞上の箇所にとどまって、内容は原作を傷けないことを保証する。

年々にわが悲しみは深くして
いよよ華やぐいのちなりけり

家霊

　山の手の高台で電車の交叉点になっている十字路がある。十字路の間からまた一筋細く岐《わか》れ出て下町への谷に向く坂道がある。坂道の途中に八幡宮の境内《けいだい》と向い合って名物のどじょう店がある。拭き磨いた千本格子の真中に入口を開けて古い暖簾《のれん》が懸けてある。暖簾にはお家流の文字で白く「いのち」と染め出してある。

　どじょう、鯰《なまず》、鼈《すっぽん》、河豚《ふぐ》、夏はさらし鯨《くじら》——この種の食品は身体の精分になるということから、昔この店の創始者が素晴らしい思い付きの積りで店名を「いのち」とつけた。その当時はそれも目新らしかったのだろうが、中程の数十年間は極めて凡庸な文字になって誰も興味をひくものはない。ただそれ等の食品に就《つい》てこの店は独特な料理方をするのと、値段が廉《やす》いのとで客はいつも絶えなかった。

　今から四五年まえである。「いのち」という文字には何か不安に対する魅力や虚無から出立する冒険や、黎明《れいめい》に対しての執拗《しつよう》な追求性——こういったものと結び付けて考える浪曼的な時代があった。そこでこの店頭の洗い晒《さら》された暖簾の文字も何十年来の煤《すす》を払って、界隈《かいわい》の現代青年に何か即興的にもしろ、一つのショックを与えるようになった。彼等は店の前へ来ると、暖簾の文字を眺めて青年風の沈鬱さで言う。

「疲れた。一ついのちでも喰うかな」

すると連れはやや捌《さば》けた風で

「逆に喰われるなよ」

互に肩を叩いたりして中へ犇《ひし》めき入った。

客席は広い一つの座敷である。冷たい籐《とう》の畳の上へ細長い板を桝形《ますがた》に敷渡し、これが食台になっている。

客は上へあがって坐ったり、土間の椅子に腰かけたりしたまま、食台で酒食している。客の向っている食品は鍋るいや椀が多い。

湯気や煙で煤けたまわりを雇人の手が届く背丈けだけ雑巾をかけると見え、板壁の下から半分ほど銅のように赭《あか》く光っている。それから上、天井へかけてはただ黒く竈《かまど》の中のようである。この室内に向けて昼も剝き出しのシャンデリアが煌々《こうこう》と照らしている。その漂白性の光はこの座敷を洞窟のように見せる許《ばか》りでなく、光は客が箸《はし》で口からしごく肴《さかな》の骨に当ると、それを白の枝珊瑚《さんご》に見せたり、堆《うずたか》い皿の葱《ねぎ》の白味に当ると玉質のものに燦《きらめ》かしたりする。そのことがまた却《かえ》って満座を餓鬼の饗宴染みて見せる。一つは客たちの食品に対する食べ方が亀屈《かじか》んで、何か秘密な食品に嚙みつくといった様子があるせいかも知れない。

板壁の一方には中くらいの窓があって棚が出ている。客の誂《あつら》えた食品は料理場からここへ差出されるのを給仕の小女は客へ運ぶ。客からとった勘定もここへ載せる。それ等を見張ったり受取るために窓の内側に斜めに帳場格子を控えて永らく女主人の母親の白い顔が見えた。今は娘のくめ子の小麦色の顔が見える。くめ子は小女の給仕振りや客席の様子を監督するために、ときどき窓から覗く。すると学生たちは奇妙な声を立てる。くめ子は苦笑して小女に

「うるさいから薬味でも沢山《たくさん》持ってって宛てがっておやりよ」と命ずる。

葱を刻んだのを、薬味箱に誇大に盛ったのを可笑《おか》しさを堪《こら》えた顔の小女が学生たちの席へ運ぶと、学生たちは娘への影響があった証拠を、この揮発性の野菜の堆さに見て、勝利を感ずる歓呼を挙げる。

くめ子は七八ヶ月ほど前からこの店に帰り病気の母親に代ってこの帳場格子に坐りはじめた。くめ子は女学校へ通っているうちから、この洞窟のような家は嫌で嫌で仕方がなかった。人世の老耄《ろうもう》者、精力の消費者の食餌療法をするような家の職業には堪えられなかった。

何で人はああも衰えというものを極度に惧《おそ》れるのだろうか。衰えたら衰えたままでいいではないか。人を押付《(ママ)》けがましいにおいを立て、脂がぎろぎろ光って浮く精力なんというものほど下品なものはない。くめ子は初夏の椎《しい》の若葉の匂いを嗅いでも頭が痛くなるような娘であった。椎の若葉よりも葉越しの空の夕月を愛した。そういうことは彼女自身却って若さに飽満していたためかも知れない。

店の代々の慣わしは、男は買出しや料理場を受持ち、嫁か娘が帳場を守ることになっている。そして自分は一人娘である以上、いずれは平凡な婿《むこ》を取って、一生この餓鬼窟の女番人にならなければなるまい。それを忠実に勤めて来た母親の、家職のためにあの無性格にまで晒されてしまった便《たよ》りない様子、能の小面《こおもて》のように白さと鼠色の陰影だけの顔。やがて自分もそうなるのかと思うと、くめ子は身慄いが出た。

くめ子は、女学校を出たのを機会に、家出同様にして、職業婦人の道を辿《たど》った。彼女はその三年間、何をしたか、どういう生活をしたか一切語らなかった。自宅へは寄寓のアパートから葉書ぐらいで文通していた。くめ子が自分で想い浮べるのは、三年の間、蝶々のように華やかな職場の上を閃《ひら》めいて飛んだり、男の友だちと蟻の挨拶のように触角を触れ合わしたりした、ただそれだけだった。それは夢のようでもあり、いつまで経っても同じ繰返しばかりで飽き飽きしても感じられた。

母親が病気で永い床に就き、親類に喚《よ》び戻されて家に帰って来た彼女は、誰の目に

もただ育っただけで別に変ったところは見えなかった。母親が
「今まで、何をしておいでだった」
と訊くと、彼女は
「えへへん」と苦も無げに笑った。
その返事振りにはもうその先、挑みかかれない微風のような調子があった。また、それを押して訊き進むような母親でもなかった。
「おまえさん、あしたから、お帳場を頼みますよ」
と言われて、彼女はまた
「えへへん」と笑った。もっとも昔から、肉親同志で心情を打ち明けたり、真面目《まじめ》な相談は何となく双方がテレてしまうような家の中の空気があった。
くめ子は、多少諦めのようなものが出来て、今度はあまり嫌がらないで帳場を勤め出した。
押し迫った暮近い日である。風が坂道の砂を吹き払って凍て乾いた土へ下駄《げた》の歯が無慈悲に突き当てる。その音が髪の毛の根元に一本ずつ響くといったような寒い晩になった。坂の上の交叉点からの電車の軋《きし》る音が前の八幡宮の境内《けいだい》の木立のざわめく音と、風の工合《ぐあい》で混りながら耳元へ掴《つか》んで投げつけられるようにも、また、遠くで盲人

が呟《つぶや》いているようにも聞えたりした。もし坂道へ出て眺めたら、たぶん下町の灯は冬の海のいさり火のように明滅しているだろうとくめ子は思った。

客一人帰ったあとの座敷の中は、シャンデリアを包んで煮詰った物の匂いと煙草の煙りとが濛々《もうもう》としている。小女と出前持の男は、鍋火鉢の残り火を石の炉《ろ》に集めて、焙《あた》っている。くめ子は何となく心に浸み込むものがあるような晩なのを嫌に思い、努めて気が軽くなるようにファッション雑誌や映画会社の宣伝雑誌の頁を繰っていた。

店を看板にする十時までにはまだ一時間以上ある。もうたいして客も来まい。店を締めてしまおうかと思っているところへ、年少の出前持が寒そうに帰って来た。

「お嬢さん、裏の路地を通ると徳永が、また註文しましたぜ、御飯つきでどじょう汁一人前。どうしましょう」

退屈して事あれかしと待構えていた小女は顔を上げた。

「そうとう、図々《ずうずう》しいわね。百円以上もカケを拵《こしら》えてさ。一文も払わずに、また――」

そして、これに対してお帳場はどういう態度を取るかと窓の中を覗いた。

「困っちまうねえ。でもおっかさんの時分から、言いなりに貸してやることにしているんだから、今日もまあ、持ってってやりよ」

すると炉に焙っていた年長の出前持が今夜に限って頭を擡《もた》げて言った。

「そりゃいけませんよお嬢さん。暮れですからこの辺で一度かたをつけなくちゃ。また来年も、ずるずるべったりですぞ」

　この年長の出前持は店の者の指導者格で、その意見は相当採上げてやらねばならなかった。で、くめ子も「じゃ、ま、そうしよう」ということになった。

茹《ゆ》で出しうどんで狐南蛮を拵えたものが料理場から丼に盛られて、お夜食に店方の者に割り振られた。くめ子もその一つを受取って、熱い湯気を吹いている。このお夜食を食べ終る頃、火の番が廻って来て、拍子木が表の薄硝子《ガラス》の障子に響けば看板、時間まえでも表戸を卸《おろ》すことになっている。

　そこへ、草履《ぞうり》の音がぴたぴたと近づいて来て、表障子がしずかに開いた。

　徳永老人の髯《ひげ》の顔が覗く。

「今晩は、どうも寒いな」

　店の者たちは知らん振りをする。老人はちょっとみんなの気配《けはい》を窺《うかが》ったが、心配そうな、狡《ずる》そうな小声で

「あの――註文の――御飯つきのどじょう汁はまだで――」

　と首を屈《かが》めて訊いた。

　註文を引受けてきた出前持は、多少間の悪い面持で

「お気の毒さまですが、もう看板だったので」

　と言いかけるのを、年長の出前持はぐっと睨《にら》めて顎で指図《さしず》をする。

「正直なとこを言ってやれよ」

そこで年少の出前持は何分にも、一回、僅かずつの金高が、積り積って百円以上にもなったからは、この際、若干でも入金して貰わないと店でも年末の決算に困ると説明した。

「それに、お帳場も先と違って今はお嬢さんが取締っているんですから」

すると老人は両手を神経質に擦り合せて

「はあ、そういうことになりましてすかな」

と小首を傾けていたが

「とにかく、ひどく寒い。一つ入れて頂きましょうかな」

と言って、表障子をがたがたいわして入って来た。

小女は座布団も出してはやらないので、冷い籐畳の広いまん中にたった一人坐った老人は寂しげに、そして審《さば》きを待つ罪人のように見えた。着膨れてはいるが、大きな体格はあまり丈夫ではないらしく、左の手を癖にして内懐へ入れ、肋骨《ろっこつ》の辺を押えている。純白になりかけの髪を総髪に撫《な》でつけ、立派な目鼻立ちの、それがあまりに整い過ぎているので薄倖を想わせる顔付きの老人である。その儒者風な顔に引較べて、よれよれの角帯に前垂れを掛け、坐った着物の裾から浅黄《あさぎ》色の股引《ももひき》を覗かしている。コールテンの黒足袋《たび》を穿《は》いているのまで釣合わない。

老人は娘のいる窓や店の者に向って、始めのうちは頻《しき》りに世間の不況、自分の職業の彫金の需要されないことなどを鹿爪《しかつめ》らしく述べ、従って勘定も払えなかった言訳を吃々《きつきつ》と述べる。だが、その言訳を強調するために自分の仕事の性質の奇稀性に就《つい》て話を向けて来ると、老人は急に傲然《ごうぜん》として熱を帯びて来る。

作者はこの老人が此夜《このよ》に限らず時々得意とも慨嘆ともつかない気分の表象としてする仕方話のポーズを茲《ここ》に紹介する。

「わしのやる彫金は、ほかの彫金と違って、片切彫というのでな。一たい彫金というものは、金《かね》で金《かね》を截る術で、なまやさしい芸ではないな。精神の要るもので、毎日どじょうでも食わにゃ全く続くことではない」

老人もよく老名工などに有り勝ちな、語る目的より語るそのことにわれを忘れて、どんな場合にでもエゴイスチックに一席の独演をする癖がある。老人が尚《なお》も自分のやる片切彫というものを説明するところを聞くと、元禄の名工、横谷宗珉《よこやそうみん》、中興の芸であって、剣道で言えば一本勝負であることを得意になって言い出した。

老人は、左の手に鏨《たがね》を持ち右の手に槌《つち》を持つ形をした。体を定めて、鼻から深く息を吸い、下腹へ力を籠めた。それは単に仕方を示す真似事には過ぎないが、流石《さすが》にぴたりと形は決まった。柔軟性はあるが押せども引けども壊れない自然の原則のようなものが形から感ぜられる。出前持も小女も老人の気配いから引緊められるものがあって、炉から身体を引起した。

老人は厳かなその形を一度くずして、へへへんと笑った。

「普通の彫金なら、こんなにしても、また、こんなにしても、そりゃ小手先でも彫れるがな」

今度は、この老人は落語家でもあるように、ほんの二つの手首の捻《ひね》り方と背の屈め方で、鏨と槌を操る恰好のいぎたなさと浅間しさを誇張して相手に受取らせることに巧みであった。出前持も小女もくすくすと笑った。

「しかし、片切彫になりますと――」

老人は、再び前の堂々たる姿勢に戻った。瞑目した眼を徐《おもむ》ろに開くと、青蓮華のような切れの鋭い眼から濃い瞳はしずかに、斜に注がれた。左の手をぴたりと一ところにとどめ、右の腕を肩の附根から一ぱいに伸して、伸びた腕をそのまま、肩の附根だけで動かして、右の上空より大きな弧を描いて、その槌の拳は、鏨の手の拳に打ち卸される。窓から覗いているくめ子は、嘗《かつ》て学校で見た石膏模造の希臘《ギリシア》彫刻の円盤投げの青年像が、その円盤をさし挟んだ右腕を人間の肉体機構の最極限の度にまでさし伸ばした、その若く引緊った美しい腕をちらりと思い泛《うか》べた。老人の打ち卸す発矢《はっし》とした勢いには、破壊の憎みと創造の歓《よろこ》びとが一つになって絶叫しているようである。その速力には悪魔のものか善神のものか見判《みわ》け難い人間離れのした性質がある。見るものに無限を感じさせる天体の軌道のような弧線を描いて上下する老人の槌の手は、しかしながら、鏨の手にまで届こうとする一刹那《せつな》に、定まった距離でぴたりと止まる。そこに何か歯止機が在るようでもある。芸の躾《しつ》けというものでもあろうか。老人はこれを五六遍繰返してから、体をほぐした。

「みなさん、お判りになりましたか」

と言う。「ですから、どじょうでも食わにゃ遣《や》りきれんのですよ」

実はこの一くさりの老人の仕方は毎度のことである。これが始まると店の中であることも、東京の山の手であることもしばらく忘れて店の者は、快い危機と常規のある奔放の感触に心を奪われる。あらためて老人の顔を見る。だが老人の真摯《しんし》な話が結局、どじょうのことに落ちて来るのでどっと笑う。気まり悪くなったのを押し包んで老人は「また、この鏨の刃尖の使い方には陰と陽とあってな――」と工人らしい自負の態度を取戻す。牡丹《ぼたん》は牡丹の妖艶ないのち、唐獅子の豪宕《ごうとう》ないのちをこの二つの刃触りの使い方で刻み出す技術の話にかかった。そして、この芸によって生きたものを硬い板金の上へ産み出して来る過程の如何に味のあるものか、老人は身振りを増して、滴《したた》るものの甘さを啜《すす》るとろりとした眼付きをして語った。それは工人自身だけの娯しみに淫《いん》したものであって、店の者はうんざりした。だがそういうことのあとで店の者はこの辺が切り上がらせどきと思って

「じゃまあ、今夜だけ届けます。帰って待っといでなさい」

と言って老人を送り出してから表戸を卸す。

ある夜も、風の吹く晩であった。夜番の拍子木が過ぎ、店の者は表戸を卸して湯に出かけた。そのあとを見済ましでもしたかのように、老人は、そっと潜《くぐ》り戸を開けて入って来た。

老人は娘のいる窓に向って坐った。広い座敷で窓一つに向った老人の上にもしばらく、手持無沙汰な深夜の時が流れる。老人は今夜は決意に充ちた、しおしおとした表情になった。

「若いうちから、このどじょうというものはわしの虫が好くのだった。この身体のしんを使う仕事には始終、補いのつく食いものを摂らねば業が続かん。そのほかにも、うらぶれて、この裏長屋に住み付いてから二十年あまり、鰥夫《やもめ》暮しのどんな侘《わび》しいときでも、苦しいときでも、柳の葉に尾鰭《おひれ》の生えたようなあの小魚は、妙にわしに食いもの以上の馴染《なじみ》になってしまった」

老人は掻き口説《くど》くようにいろいろのことを前後なく喋り出した。

人に嫉《ねた》まれ、蔑まれて、心が魔王のように猛り立つときでも、あの小魚を口に含んで、前歯でぽきりぽきりと、頭から骨ごとに少しずつ噛み潰して行くと、恨みはそこへ移って、どこともなくやさしい涙が湧いて来ることも言った。

「食われる小魚も可哀そうになれば、食うわしも可哀そうだ。誰も彼もいじらしい。ただ、それだけだ。女房はたいして欲しくない。だが、いたいけなものは欲しい。いたいけなものが欲しいときもあの小魚の姿を見ると、どうやら切ない心も止まる」

老人は遂《つい》に懐からタオルのハンケチを取出して鼻を啜った。「娘のあなたを前にしてこんなことを言うのは宛てつけがましくはあるが」と前置きして「こちらのおかみさんは物の判った方でした。以前にもわしが勘定の滞《とどこお》りに気を詰らせ、おずおず夜、遅く、このようにして度び度び言い訳に来ました。すると、おかみさんは、ちょうどあなたのいられるその帳場に大儀そうに頰杖ついていられたが、少し窓の方へ顔を覗かせて言われました。徳永さん、どじょうが欲しかったら、いくらでもあげますよ。決して心配なさるな。その代り、おまえさんが、一心うち込んでこれぞと思った品が出来たら勘定の代りなり、またわたしから代金を取るなりしてわたしにお呉れ。それでいいのだよ。ほんとにそれでいいのだよと、繰返して言って下さった」老人はまた鼻を啜った。

「おかみさんはそのときまだ若かった。早く婿取りされて、ちょうど、あなたぐらいな年頃だった。気の毒に、その婿は放蕩者で家を外に四谷、赤坂と浮名を流して廻った。おかみさんは、それをじっと堪え、その帳場から一足も動きなさらんかった。たまには、人に縋《すが》りつきたい切ない限りの様子も窓越しに見えました。そりゃそうでしょう。人間は生身ですから、そうむざむざ冷たい石になることも難かしい」

徳永もその時分は若かった。若いおかみさんが、生埋めになって行くのを見兼ねた。正直のところ、窓の外へ強引に連れ出そうかと思ったことも一度ならずあった。それと反対に、こんな半木乃伊《ミイラ》のような女に引っかかって、自分の身をどうするのだ。そう思って逃げ出しかけたことも度々あった。だが、おかみさんの顔をつくづく見るとどちらの力も失せた。おかみさんの顔は言っていた――自分がもし過《あやま》ちでも仕出かしたら、報いても報いても取返しのつかない悔いがこの家から永遠に課されるだろう、もしまた、世の中に誰一人、自分に慰め手が無くなったら自分はすぐ灰のように崩れ倒れるであろう――

「せめて、いのちの息吹きを、回春の力を、わしはわしの芸によって、この窓から、だんだん化石して行くおかみさんに差入れたいと思った。わしはわしの身のしんを揺り動かして鏨と槌を打ち込んだ。それには片切彫にしくものはない」

おかみさんを慰めたさもあって骨折るうちに知らず知らず徳永は明治の名匠加納夏雄以来の伎倆を鍛えたと言った。

だが、いのちが刻み出たほどの作は、そう数多く出来るものではない。徳永は百に一つをおかみさんに献じて、これに次ぐ七八を売って生活の資にした。あとの残りは気に入らないといって彫りかけの材料をみな鋳直した。「おかみさんは、わしが差上げた簪《かんざし》を頭に挿したり、抜いて眺めたりされた。そのときは生々しく見えた」だが徳永は永遠に隠れた名工である。それは仕方がないとしても、歳月は酷《むご》いものである。

「はじめは高島田にも挿せるような大平打の銀簪にやなぎ桜と彫ったものが、丸髷用の玉かんざしのまわりに夏菊、ほととぎすを彫るようになり、細づくりの耳掻きかんざしに糸萩、女郎花《おみなえし》を毛彫りで彫るようになっては、もうたいして彫るせきもなく、一番しまいに彫って差上げたのは二三年まえの古風な一本足のかんざしの頸に友呼ぶ千鳥一羽のものだった。もう全く彫るせきは無い」

　こう言って徳永は全くくたりとなった。そして「実を申すと、勘定をお払いする目当てはわしにもうありませんのです。身体も弱りました。仕事の張気も失せました。永いこともないおかみさんは簪はもう要らんでしょうし。ただただ永年夜食として食べ慣れたどぜう汁と飯一椀、わしはこれを摂らんと冬のひと夜を凌《しの》ぎ兼ねます。朝までに身体が凍《こご》え痺《しび》れる。わしら彫金師は、一たがね一期《いちご》です。明日のことは考えんです。あなたが、おかみさんの娘ですなら、今夜も、あの細い小魚を五六ぴき恵んで頂きたい。死ぬにしてもこんな霜枯れた夜は嫌です。今夜、一夜は、あの小魚のいのちをぽちりぽちりわしの骨の髄に嚙み込んで生き伸びたい――」

　徳永が嘆願する様子は、アラブ族が落日に対して拝するように心もち顔を天井に向け、狛犬《こまいぬ》のように蹲《うずくま》り、哀訴の声を呪文のように唱えた。

くめ子は、われともなく帳場を立上った。妙なものに酔わされた気持でふらりふらり料理場に向った。料理人は引上げて誰もいなかった。生洲《いけす》に落ちる水の滴りだけが聴える。

くめ子は、一つだけ捻《ひね》ってある電燈の下を見廻すと、大鉢に蓋《ふた》がしてある。蓋を取ると明日の仕込みにどじょうは生酒に漬けてある。まだ、よろりよろり液体の表面へ頭を突き上げているのもある。日頃は見るも嫌だと思ったこの小魚が今は親しみ易いものに見える。くめ子は、小麦色の腕を捲《ま》くって、一ぴき二ひきと、柄鍋の中へ移す。握った指の中で小魚はたまさか蠢《うご》めく。すると、その顫動《せんどう》が電波のように心に伝わって刹那《せつな》に不思議な意味が仄《ほの》かに囁《ささや》かれる——いのちの呼応。

くめ子は柄鍋に出汁《だし》と味噌汁とを注いで、ささがし牛蒡《ごぼう》を抓《つま》み入れる。瓦斯《ガス》こんろで掻き立てた。くめ子は小魚が白い腹を浮かして熱く出来上った汁を朱塗の大椀に盛った。山椒《さんしょう》一つまみ蓋の把手《とって》に乗せて、飯櫃《めしびつ》と一緒に窓から差し出した。

「御飯はいくらか冷たいかも知れないわよ」

老人は見栄も外聞もない悦び方で、コールテンの足袋の裏を弾ね上げて受取り、仕出しの岡持《おかもち》を借りて大事に中へ入れると、潜り戸を開けて盗人のように姿を消した。

不治の癌《がん》だと宣告されてから却《かえ》って長い病床の母親は急に機嫌よくなった。やっと自儘《じまま》に出来る身体になれたと言った。早春の日向《ひなた》に床をひかせて起上り、食べ度いと思うものをあれやこれや食べながら、くめ子に向って生涯に珍らしく親身な調子で言った。

「妙だね、この家は、おかみさんになるものは代々亭主に放蕩されるんだがね。あたしのお母さんも、それからお祖母さんもさ。恥かきっちゃないよ。だが、そこをじっと辛抱してお帳場に噛《かじ》りついていると、どうにか暖簾《のれん》もかけ続けて行けるし、それとまた妙なもので、誰か、いのちを籠めて慰めて呉れるものが出来るんだね。お母さんにもそれがあったし、お祖母さんにもそれがあった。だから、おまえにも言っとくよ。おまえにも若《も》しそんなことがあっても決して落胆おしでないよ。今から言っとくが——
——」

母親は、死ぬ間際に顔が汚ないと言って、お白粉《しろい》などで薄く刷き、戸棚の中から琴《こと》柱《じ》の箱を持って来させて

「これだけがほんとに私が貰ったものだよ」

そして箱を頰に宛てがい、さも懐《なつ》かしそうに二つ三つ揺る。中で徳永の命をこめて彫ったという沢山の金銀簪《かんざし》の音がする。その音を聞いて母親は「ほ　ほ　ほ」と含み笑いの声を立てた。それは無垢《むく》に近い娘の声であった。

宿命に忍従しようとする不安で逞しい勇気と、救いを信ずる寂しく敬虔な気持とが、その後のくめ子の胸の中を朝夕に縺《もつ》れ合う。それがあまりに息詰まるほど嵩《たか》まると彼女はその嵩《かさ》を心から離して感情の技巧の手先で犬のように綾なしながら、うつらうつら若さをおもう。ときどきは誘われるまま、常連の学生たちと、日の丸行進曲を口笛で吹きつれて坂道の上まで歩き出てみる。谷を越した都の空には霞が低くかかっている。

くめ子はそこで学生が呉れるドロップを含みながら、もし、この青年たちの中で自分に関りのあるものが出るようだったら、誰が自分を悩ます放蕩者の良人になり、誰が懸命の救い手になるかなどと、ありのすさびの推量ごとをしてやや興を覚える。だが、しばらくすると

「店が忙しいから」

と言って袖で胸を抱いて一人で店へ帰る。窓の中に坐る。

徳永老人はだんだん瘠せ枯れながら、毎晩必死とどじょう汁をせがみに来る。

越年

年末のボーナスを受取って加奈江が社から帰ろうとしたときであった。気分の弾《はず》んだ男の社員達がいつもより騒々しくビルディングの四階にある社から駆け降りて行った後、加奈江は同僚の女事務員二人と服を着かえて廊下に出た。すると廊下に男の社員が一人だけ残ってぶらぶらしているのがこの際妙に不審に思えた。しかも加奈江が二、三歩階段に近づいたとき、その社員は加奈江の前に駆けて来て、いきなり彼女の左の頰に平手打ちを食わした。

あっ！　加奈江は仰反《のけぞ》ったまま右へよろめいた。同僚の明子も磯子も余り咄嗟《とっさ》の出来事に眼をむいて、その光景をまざまざ見詰めているに過ぎなかった。瞬間、男は外套《がいとう》の裾《すそ》を女達の前に飜《ひるがえ》して階段を駆け降りて行った。

「堂島さん、一寸《ちょっと》待ちなさい」

明子はその男の名を思い出して上から叫んだ。男の女に対する乱暴にも程があるという憤《いきどお》りと、こんな事件を何とかしなければならないというあせった気持から、明子と磯子はちらっと加奈江の方の様子を不安そうに窺《うかが》って加奈江が倒れもせずに打たれた頬をおさえて固くなっているのを見届けてから、急いで堂島の後を追って階段を駆け降りた。

しかし堂島は既に遥か下の一階の手すりのところを滑るように降りて行くのを見ては彼女らは追つけそうもないので「無茶だ、無茶だ」と興奮して罵《ののし》りながら、加奈江のところへ戻って来た。

「行ってしまったんですか。いいわ、明日来たら課長さんにも立会って貰《もら》って、……それこそ許しはしないから」

加奈江は心もち赤く腫《は》れ上った左の頬を涙で光らしながら恨《うら》めしそうに唇をぴくぴく痙攣《けいれん》させて呟《つぶや》いた。

「それがいい、あんた何も堂島さんにこんな目にあうわけないでしょう」

磯子が、そう訊《き》いたとき、磯子自身ですら悪いことを訊いたものだと思うほど加奈江も明子も不快なお互いを探り合うような顔付きで眼を光らした。間もなく加奈江は磯子を睨《にら》んで

「無論ありませんわ。ただ先週、課長さんが男の社員とあまり要らぬ口を利《き》くなって

おっしゃったでしょう。だからあの人の言葉に返事しなかっただけよ」と言った。

「あら、そう。なら、うんとやっつけてやりなさいよ。私も応援に立つわ」

磯子は自分のまずい言い方を今後の態度で補うとでもいうように力んでみせた。

「課長がいま社に残っているといいんだがなあ、昼過ぎに帰っちまったわねえ」

明子は現在加奈江の腫れた左の頬を一目、課長に見せて置きたかった。

「じゃ、明日のことにして、今日は帰りましょう。私少し廻り道だけれど加奈江さんの方の電車で一緒に行きますわ」

明子がそういってくれるので、加奈江は青山に家のある明子に麻布《あざぶ》の方へ廻って貰った。しかし撲《なぐ》られた左半面は一時痺《しび》れたようになっていたが、電車に乗ると偏頭痛にかわり、その方の眼から頻《しき》りに涙がこぼれるので加奈江は顔も上げられず、明子とも口が利けなかった。

翌朝、加奈江が朝飯を食べていると明子が立寄って呉れた。加奈江の顔を一寸調べてから「まあよかったわね、傷にもならなくて」と慰めた。だが、加奈江には不満だった。

「でもね、昨夜は口惜しいのと頭痛でよく眠られなかったのよ」

二人は電車に乗った。加奈江は今日、課長室で堂島を向うに廻して言い争う自分を想像すると、いつしか身体が顫《ふる》えそうになるのでそれをまぎらすために窓外に顔を向けてばかりいた。

磯子も社で加奈江の来るのを待ち受けていた。彼女は自分達の職場である整理室から男の社員達のいる大事務所の方へ堂島の出勤を度々《たびたび》見に行って呉れた。

「もう十時にもなるのに堂島は現われないのよ」

磯子は焦《じ》れったそうに口を尖《とが》らして加奈江に言った。明子は、それを聞くと

「いま課長、来ているから、兎《と》も角《かく》、話して置いたらどう。何処《どこ》かへ出かけちまったら困るからね」

と注意した。加奈江は出来るだけ気を落ちつけて二人の報告や注意を参考にして進退を考えていたが、思い切って課長室へ入って行った。そこで意外なことを課長から聞かされた。それは堂島が昨夜のうちに速達で退社届を送って寄こしたということであった。卓上にまだあるその届書も見せて呉れた。

「そんな男とは思わなかったがなあ。実に卑劣極まるねえ。社の方もボーナスを貰ってやめたのだしねえ。それに住所目下移転中と書いてあるだろう。何から何までずらかろうという態度だねえ。君も撲られっ放しでは気が済まないだろうから、一つ懲《こら》しめのために訴えてやるか。誰かに聞けば直ぐ移転先きは分るだろう」

課長も驚いて膝を乗り出した。そしてもう既に地腫も引いて白磁色に艶々《つやつや》した加奈

江の左の頰をじっとみて
「痕《あと》は残っておらんけれど」と言った。

加奈江は「一応考えてみましてから」と一旦、整理室へ引退った。待ち受けていた明子と磯子に堂島の社を辞《や》めたことを話すと
「いまいましいねえ、どうしましょう」

磯子は床を蹴って男のように拳《こぶし》で傍の卓の上を叩《たた》いた。

「ふーん、計画的だったんだね。何か私たちや社に対して変な恨みでも持っていて、それをあんたに向って晴らしたのかも知れませんねえ」

明子も顰《しか》めた顔を加奈江の方に突き出して意見を述べた。

二人の憤慨とは反対に加奈江はへたへたと自分の椅子に腰かけて息をついた。今となっては容易《たやす》く仕返しの出来難い口惜しさが、固い鉄の棒のようになって胸に突っ張った苦しさだった。

加奈江は昼飯の時間が来ても、明子に注いで貰ったお茶を飲んだだけで、持参した弁当も食べなかった。

「どうするつもり」と明子が心配して訊《たず》ねると
「堂島のいた机の辺りの人に様子を訊《き》いて来る」と言って加奈江はしおしおと立って行った。

拓殖会社の大事務室には卓が一見縦横乱雑に並び、帳面立ての上にまで帰航した各船舶から寄せられた多数の複雑な報告書が堆《うずたか》く載っている。四隅に置いたストーヴの暖かさで三十数名の男の社員達は一様に上衣《うわぎ》を脱いで、シャツの袖口をまくり上げ、年内の書類及び帳簿調べに忙がしかった。加奈江はその卓の間をすり抜けて堂島が嘗《か》つて向っていた卓の前へ行った。その卓の右隣りが山岸という堂島とよく連れ立って帰って行く青年だった。

加奈江は早速、彼に訊いてみた。

「堂島さんが社を辞めたってね」

「ああそうか、道理で今日来なかったんだな。前々から辞める辞めると言ってたよ。どこか品川の方にいい電気会社の口があるってね」

するとほかの社員が聞きつけて口をはさんだ。

「ええ、本当かい。うまいことをしたなあ。あいつは頭がよくって、何でもはっきり割り切ろうとしていたからなあ」

「そうだ、ここのように純粋の軍需品会社でもなく、平和になればまた早速に不況になる惧《おそ》れのあるような会社は見込みがないって言ってたよ」

山岸は辺りへ聞えよがしに言った。彼も不満を持ってるらしかった。

「あの人は今度、どこへ引っ越したの」

加奈江はそれとなく堂島の住所を訊き出しにかかった。だが山岸は一寸解《げ》せないという顔付をして加奈江の顔を眺めたが、直ぐにやにや笑い出して
「おや、堂島の住所が知りたいのかい。こりゃ一杯、おごりものだぞ」

「いえ、そんなことじゃないのよ。あんたあの人と親友じゃないの」

加奈江は二人の間柄を先《ま》ず知りたかった。

「親友じゃないが、銀座へ一緒に飲みに行ってね、夜遅くまで騒いで歩いたことは以前あったよ」

「それなら新しい移転先き知ってるでしょう」

「移転先って。いよいよあやしいな、一体どうしたって言うんだい」

加奈江は昨日の被害を打ち明けなくては、自分の意図が素直に分って貰えないのを知った。

「山岸さんは堂島さんがこの社を辞めた後もあの人と親しくするつもり。それを聞いた上でないと言えないのよ」

「いやに念を押すね。ただ飲んで廻ったというだけの間柄さ。社を辞めたら一緒に出かけることも出来ないじゃないか。もっとも銀座で逢えば口ぐらいは利くだろうがね」

「それじゃ話すけれど、実は昨日私たちの帰りに堂島が廊下に待ち受けていて私の顔

を撲ったのよ。私、眼が眩《くら》むほど撲られたんです」

加奈江はもう堂島さんと言わなかった。そして自分の右手で顔を撲る身振りをしながら眼をつむったが、開いたときは両眼に涙を浮べていた。

「へえー、あいつがかい」

山岸もその周《まわ》りの社員たちも椅子から立上って加奈江を取巻いた。加奈江は更に、撲られる理由が単に口を利かなかったということだけだと説明したとき、不断おとなしい彼女を信じて社員たちはいきり出した。

「この社をやめて他の会社の社員になりながら、行きがけの駄賃に女を撲って行くなんてわが社の威信を踏み付けにした遣《や》り方だねえ。山岸君の前だけれど、このままじゃ済まされないなあ」

これは社員一同の声であった。山岸はあわてて
「冗談言うな。俺だって承知しないよ。あいつはよく銀座へ出るから、見つけたら俺が代って撲り倒してやる」

と拳をみんなの眼の前で振ってみせた。しかし社員たちはそれを遮《さえぎ》った。

「そんなことはまだるいや。堂島の家へ押しかけてやろうじゃないか」

「だから私、あの人の移転先が知りたいのよ。課長さんが見せて呉れた退社届に目下移転中としてあるからね」

と加奈江は山岸に相談しかけた。

「そうか。品川の方の社へ変ると同時に、あの方面へ引越すとは言ってたんだがね、場所は何も知らないんだよ。だが大丈夫、十時過ぎになれば何処の酒場でもカフェでもお客を追い出すだろう、その時分に銀座の……そうだ西側の裏通りを二、三日探して歩けば屹度《きっと》あいつは掴まえられるよ」

山岸の保証するような口振りに加奈江は
「そうお、では私、ちょいちょい銀座へ行ってみますわ。あんた告げ口なんかしては駄目よ」

「おい、そんなに僕を侮辱《ぶじょく》しないで呉れよ。君がその気なら憚《はばか》りながら一臂《いっぴ》の力を貸す決心でいるんだからね」

山岸の提言に他の社員たちも、佐藤加奈江を仇討《あだう》ちに出る壮美な女剣客のようにはやし立てた。

「うん俺達も、銀ブラするときは気を付けよう。佐藤さんしっかりやれえ」

師走《しわす》の風が銀座通りを行き交う人々の足もとから路面の薄埃《うすぼこり》を吹き上げて来て、思わず、あっ！　と眼や鼻をおおわせる夜であった。

加奈江は首にまいたスカーフを外套の中から掴み出して、絶えず眼鼻を塞《ふさ》いで埃を防いだが、その隙に堂島とすれ違ってしまえば、それっきりだという惧《おそ》れで直ぐにスカーフをはずして前後左右を急いで観察する。今夜も明子に来て貰って銀座を新橋の方から表通りを歩いて裏通りへと廻って行った。

「十日も通うと少し飽き飽きして来るのねえ」

加奈江がつくづく感じたことを溜息と一緒に打ち明けたので、明子も自分からは差控えていたことを話した。

「私このごろ眼がまわるのよ。始終雑沓《ざっとう》する人の顔を一々覗《のぞ》いて歩くでしょう。しまいには頭がぼーっとしてしまって、家へ帰って寝るとき天井が傾いて見えたりして吐気《はきけ》がするときもある」

「済みませんわね」

「いえ、そのうちに慣れると思ってる」

加奈江はまた暫《しば》らく黙ってすれ違う人を注意して歩いていたが

「私、撲られた当座、随分口惜しかったけれど、今では段々薄れて来て、毎夜のように無駄に身体を疲らして銀座を歩くことなんか何だか莫迦《ばか》らしくなって来たの。殊に事変下でね……。それで往く人をして往かしめよって気持ちで、すれ違う人を見ないようにするのよ。するとその人が堂島じゃなかったかという気がかりになって振り返らないではいられないのよ。何という因業《いんごう》な事でしょう」

「あら、あんたがそんなジレンマに陥っては駄目ね」

「でも頬一つ叩いたぐらい大したことでないかも知れないし、こんなことの復讐なんか女にふさわしくないいような気がして」

「まあ、それあんたの本心」

「いいえ、そうも考えたり、いろいろよ。社ではまだかまだかと訊くしね」

「それじゃ私が一番お莫迦さんになるわけじゃないの」

明子は顔をくしゃくしゃにして加奈江に言いかけたが、堂島に似た青年が一人明子の傍をすれ違ったので周章《あわ》ててその方に顔を振り向けると、青年は立止まって

「何ていう顔をするんですか」と冷笑したので明子はすっかり赤く照れて顔を伏せてしまった。青年はうるさくついて来た。加奈江と明子はもう堂島探しどころではなかった。二人はずんずん南へ歩いて銀座七丁目の横丁まで来た。その時駐車場の後端の方に在った一台のタクシーが動き出した。その中の乗客の横顔が二人の眼をひかないではいなかった。どうも堂島らしかった。二人は泳ぐように手を前へ出してその車の後を追ったが、バックグラスに透けて見えたのは僅かに乗客のソフト帽だけだった。

それから二人は再び堂島探しに望みをつないで暮れの銀座の夜を縫《ぬ》って歩いた。事変下の緊縮した歳暮はそれだけに成るべく無駄を省いて、より効果的にしようとする人々の切羽《せっぱ》詰まったような気分が街に籠《こも》って、銀ブラする人も、裏街を飲んで歩く青

年たちにも、こつんとした感じが加わった。それらの人を分けて堂島を探す加奈江と明子は反撥《はんぱつ》のようなものを心身に受けて余計に疲れを感じた。

「歳の瀬の忙しいとき夜ぐらいは家にいて手伝って呉れてもいいのに」

加奈江の母親も明子の母親も愚痴《ぐち》を滾《こぼ》した。

加奈江も明子も、まだあの事件を母親に打ちあけてないことを今更、気づいた。しかしその復讐のために堂島を探して銀座に出るなどと話したら、直《ただち》に足止めを食うに決まっている――加奈江も明子も口に出さなかった。その代り「年内と言っても後四日、その間だけ我慢して家にいましょう」二人は致し方のないことだと諦めて新年を迎える家の準備にいそしんだ。来るべき新年は堂島を見つけて出来るだけの仕返しをしてやる――そういう覚悟が別に加わって近ごろになく気持ちが張り続けていた。

いよいよ正月になって加奈江は明子の来訪を待っていた。三日の晩になっても明子は来なかった。加奈江は自分の事件だから本当は自分の方から誘いに出向くべきであったと始めて気づいて独《ひと》りで苦笑した。今まで加奈江は明子と一緒に銀座の人ごみの中で堂島を摑まえるのには和服では足手まといだというので、いつも出勤時の灰色の洋服の上に紺の外套をお揃いで着て出たものだったが、流石《さすが》に新年でもあり、まだ二三回しか訪れたことのない明子の家へ行くのだから、加奈江は入念にお化粧して、女学校卒業以来二年間、余り手も通さなかった裾模様の着物を着て金模様のある帯を胸高に締めた。着なれない和服の盛装と、一旦途切れて気がゆるんだ後の冒険の期待とに妙に興奮して息苦しかった。羅紗《らしゃ》地のコートを着ると麻布の家を出た。外は一月にしては珍らしくほの暖かい晩であった。

青山の明子の家に着くと、明子も急いで和服の盛装に着替えて銀座行きのバスに乗った。

「わたし、正月早々からあんたを急《せ》き立てるのはどうかと思って差控えてたのよ。それに松の内は銀座は早仕舞いで酒飲みなんかあまり出掛けないと思ったもんだから」

明子は言い訳をした。

「わたしもそうよ。正月早々からあんたをこんなことに引張り出すなんか、いけないと思ってたの。でもね、正月だし、たまにはそんな気持ちばかりでなく銀座を散歩したいと思って、それで裾模様で来たわけさ。今日はゆったりした気持ちで歩いて、スエヒロかオリンピックで厚いビフテキでも食べない」

加奈江は家を出たときとは幾分心構えが変っていた。

「まあまあそれもいいねえ。裾模様にビフテキは少しあわないけれど」

「ほほほほ」

二人は晴やかに笑った。

銀座通りは既に店を閉めているところもあった。人通りも割合いに少なくて歩きよかった。それに夜店が出ていないので、向う側の行人まで見通せた。加奈江たちは先ず尾張町から歩き出したが、瞬《また》く間に銀座七丁目の橋のところまで来てしまった。拍子抜けのした気持ちだった。

「どうしましょう。向う側へ渡って京橋の方へ行ってオリンピックへ入りましょうか、それともこの西側の裏通りを、別に堂島なんか探すわけじゃないけれど、さっさと歩いてスエヒロの方へ行きますか」

加奈江は明子と相談した。

「そうね、何だか癖がついて西側の裏通りを歩いた方が、自然のような気がするんじゃない」

明子が言い終らぬうちに、二人はもう西側に折れて進んでいた。

「そら、あそこよ。暮に堂島らしい男がタクシーに乗ったところは」

明子が思い出して指さした。二人は今までの澄ました顔を忽《たちま》ちに厳くした。それから縦の裏通りを尾張町の方に向って引返し始めたが、いつの間にか二人の眼は油断なく左右に注がれ、足の踏まえ方にも力が入っていた。

資生堂の横丁と交叉する辻角に来たとき五人の酔った一群が肩を一列に組んで近くのカフェから出て来た。そしてぐるりと半回転するようにして加奈江たちの前をゆれて肩をこすり合いながら歩いて行く。

「ちょいと！　堂島じゃない、あの右から二番目」

明子がかすれた声で加奈江の腕をつかんで注意したとき、加奈江は既に獲物に迫る意気込みで、明子をそのまま引きずって、男たちの後を追いかけた。——どうにかこの一列の肩がほぐれて、堂島一人になればよいが——と加奈江はあせりにあせった。それに堂島が自分達を見つけて知っているかどうかも知りたかった。そう思って堂島の後姿を見ると特に目立って額を俯向《うつむ》けているのも怪しかった。二人は半丁もじりじりして後をつけた。そのとき不意に堂島は後を振り返った。

「堂島さん！　ちょっと話があります。待って下さい」

加奈江はすかさず堂島の外套の背を握りしめて後へ引いた。明子もその上から更に外套を握って足を踏張った。堂島は周章《あわ》てて顔を元に戻したが、女二人の渾身《こんしん》の力で喰い止められてそれのまま遁《のが》れることは出来なかった。五人の一列は堂島を底にしてV字型に折れた。

「よー、こりゃ素敵、堂島君は大変な女殺しだね」

同僚らしいあとの四人は肩組も解《ほど》いてしまって、呆《あき》れて物珍らしい顔つきで加奈江たちを取巻いた。

「いや、何でもないよ。一寸失敬する」

そういって堂島は加奈江たちに外套の背を摑まれたまま、連れを離れて西の横丁へ曲って行った。小さな印刷所らしい構えの横の、人通りのないところまで来ると堂島は立止まった。離して逃げられでもしたらと用心して確《し》っかり握りしめてついて来た加奈江は、必死に手に力をこめるほど往時《むかし》の恨みが衝《つ》き上げて来て、今はすさまじい気持ちになっていた。

「なぜ、私を撲《なぐ》ったんですか。一寸口を利かなかったぐらいで撲る法がありますか。それも社を辞める時をよって撲るなんて卑怯《ひきょう》じゃありませんか」

加奈江は涙が流れて堂島の顔も見えないほどだった。張りつめていた復讐心が既に融け始めて、あれ以来の自分の惨めな毎日が涙の中に浮び上った。

「本当よ、私たちそんな無法な目にあって、そのまま泣き寝入りなんか出来ないわ。課長も訴えてやれって言ってた。山岸さんなんかも許さないって言ってた。さあ、どうするんです」

堂島は不思議と神妙に立っているきりだった。明子は加奈江の肩を頻《しき》りに押して、叩き返せと急きたてた。しかし女学校在学中でも友達と口争いはしたけれども、手を出すようなことの一度だってなかった加奈江には、いよいよとなって勢いよく手を上げて男の顔を撲るなぞということはなかなか出来ない仕業《しわざ》だった。

「あんまりじゃありませんか、あんまりじゃありませんか」

そういう鬱憤の言葉を繰返し繰返し言い募《つの》ることによって、加奈江は激情を弾ませて行って

「あなたが撲ったから、私も撲り返してあげる。そうしなければ私、気が済まないのよ」

加奈江は、やっと男の頰を叩いた。その叩いたことで男の顔がどんなにゆがんだか鼻血が出はしなかったかと早や心配になり出す彼女だった。叩いた自分の掌に男の脂汗が淡くくっついたのを敏感に感じながら、加奈江は一歩後退《しさ》った。

「もっと、うんと撲りなさいよ。利息ってものがあるわけよ」

明子が傍から加奈江をけしかけたけれど、加奈江は二度と叩く勇気がなかった。

「おいおい、こんな隅っこへ連れ込んでるのか」

さっきの四人連れが後から様子を覗きにやって来た。加奈江は独りでさっさと数寄屋橋の方へ駆けるように離れて行った。明子が後から追いついて

「もっとやっつけてやればよかったのに」

と、自分の毎日共に苦労した分までも撲って貰いたかった不満を交ぜて残念がった。

「でも、私、お釣銭は取らないつもりよ。後くされが残るといけないから。あれで私気が晴々した。今こそあなたの協力に本当に感謝しますわ」

改まった口調で加奈江が頭を下げてみせたので明子も段々気がほぐれて行って「お

「目出とう」と言った。その言葉で加奈江は「そうだった、ビフテキを食べるんだったっけね。祝盃を挙げましょうよ。今日は私のおごりよ」

二人はスエヒロに向った。


六日から社が始まった。明子から磯子へ、磯子から男の社員達に、加奈江の復讐成就が言い伝えられると、社員たちはまだ正月の興奮の残りを沸き立たして、痛快痛快と叫びながら整理室の方へ押し寄せて来た。

「おいおい、みんなどうしたんだい」

一足後《おく》れて出勤した課長は、この光景に不機嫌な顔をして叱ったが、内情を聞くに及んで愉快そうに笑いながら、社員を押し分けて自分が加奈江の卓に近寄り「よく貫徹したね、仇討本懐《あだうちほんかい》じゃ」と祝った。

加奈江は一同に盛んに賞讃されたけれど、堂島を叩き返したあの瞬間だけの強《し》いて自分を弾ませたときの晴々した気分はもうとっくに消え失せてしまって、今では却ってみんなからやいやい言われるのがかえって自分が女らしくない奴と罵《ののし》られるように嫌だった。

社が退《ひ》けて家に帰ると、ぼんやりして夜を過ごした。銀座へ出かける目標《めあて》も気乗りもなかった。勿論《もちろん》、明子はもう誘いに来なかった。戸外は相変らず不思議に暖かくて雪の代りに雨がしょぼしょぼと降り続いた。加奈江は茶の間の隅に坐って前の坪庭の山茶花《さざんか》の樹に雨が降りそそぐのをすかし見ながら、むかしの仇討ちをした人々の後半生というものはどんなものだろうなぞと考えたりした。そして自分の詰らぬ仕返しなんかと較べたりする自分を莫迦《ばか》になったのじゃないかとさえ思うこともあった。

一月十日、加奈江宛の手紙が社へ来ていた。加奈江が出勤すると給仕が持って来た。手紙の表には「ある男より」と書いてあるだけで加奈江が不審に思って開いてみると意外にも堂島からであった。

この手紙は今までの事柄の返事のつもりで書きます。僕は自分で言うのもおかしいけれど、はっきりしていると思う。現在、あの拓殖会社が煮え切らぬ存在で、今度の社が軍需に専念である点が僕の去就を決した。しかし私に割り切れないものがあの社を去るに当って一つあった。それは貴女に対する私の気持でした。社を辞めるとなれば殆《ほとん》ど貴女には逢えなくなる。その前に僕の気持を打ち明けて、どうか同情して貰いたいとあせった。しかし僕は令嬢というものに対してはどうしても感情的なことが言い出せない性質です。だから遂々《とうとう》ボーナスを貰って社を辞めようとした最後の日まで来てしまったのです。いよいよ、言うことすら出来ないのか。思い切って打ち明けたところで、断られたらどういうことになる。此方《こちら》はすごすごと思いを残して引下り貴女は僕のことなぞ忘れてしまうだけだ。いっそ喧嘩《けんか》でもしたらどうか。或《ある》いは憎むことによって僕を長く忘れないかも知れない。僕もきっかり決裂した感じで気持をそらすことが出来よう。そんな自分勝手な考えしか切羽《せっぱ》詰って来ると浮びませんでした。とつおいつ、僕は遂に夢中になって貴女をあの日、撲ったのでした。しかし、女を、しかも一旦慕った麗人を乱暴にも撲ったということは僕のヒューマニズムが許しませんでした。いつも苦い悪汁となって胸に浸み渡るのでした。その不快さに一刻も早く手紙を出して詫びようと思ったが、それも矢張り自分だけを救うエゴイズムになるのでやめてしまったのです。先日、銀座で貴女に撲り返されたとき、これで貴女の気が晴れるだろうから、そこでやっと自分の言い訳やら詫びをしようと、もじもじしていたのですが、連れの者が邪魔して、それを果しませんでした。よって手紙を以《も》って、今、釈明する次第です。平にお許し下さい。

堂　島　潔

としてあった。加奈江は、そんなにも迫った男の感情ってあるものかしらん、今にも堂島の荒々しい熱情が自分の身体に襲いかかって来るような気がした。

加奈江は時を二回分けて、彼の手、自分の手で夢中になってお互いを叩《たた》きあった堂島と、このまま別れてしまうのは少し無慙《むざん》な思いがあった。一度、会って打ち解けられたら……。

加奈江は堂島の手紙を明子たちに見せなかった。家に帰るとその晩一人銀座へ向った。次の晩も、その次の晩も、十時過ぎまで銀座の表通りから裏街へ二回も廻って歩いた。しかし堂島は遂に姿を見せないで、路上には漸《ようや》く一月の本性の寒風が吹き募って来た。

解説

峯田和伸（銀杏BOYZ）

この度、岡本かの子さんの作品を原作とした日台合作映画「越年・Lovers（仮）」（グォ・チェンディ監督）に出演させていただくことになりました。そのご縁で今回、原作小説の解説をお引き受けしたのですが、普段はミステリーばかり読んでいる人間で、恋愛系の小説は久しぶり。正直、心配でした。

しかし、結論から言えばどのお話もとても面白かったです。短歌をやっていた方だけあってなんといっても言葉の選び方が繊細。代表作の「老妓抄」はもちろん、今回の映画の原作（原案）にもなっている「越年」や「家霊」も読みやすい短編ですし、かの子さんのことを知らない人でも、とっつきやすい作品が揃っているように思います。

先日たまたま、夏目漱石の「三四郎」を読み返してみたのですが、久しぶりに読むと言葉の使い方が独特で、文体も歯切れがよく、さすが漱石だなと感心しました。一方、かの子さんの文体はそれともまた違います。なめらかで軽やかさがあって古くない。それから、ちょっとした滑稽さがあるのも魅力でした。「しかつめらしく」とか「きつきつと述べる」とか、語感も面白い。音楽をやっている人には特に読んでみてほしいです。

例えば、「家霊」に出てくる彫金師の老人がどじょうを食べるシーン。「ぽきりぽきり」という擬音が見事です。それから、この老人についての描写も独特。

「今度は、この老人は落語家でもあるように、ほんの二つの手首の捻《ひね》り方と背の屈め方で、鏨《たがね》と槌を操る恰好のいぎたなさと浅間しさを誇張して相手に受取らせることに巧みであった」。（一五二頁）

この「いぎたなさ」という言葉にはショックを受けました。「うわ、目も当てられないんだろうな、これ」っていうのが、この一言でイメージできますよね。「だらしない」とか「見苦しい」という言葉なら今の人も使えると思うのですが、それとは違う。独特の感触があります。

「三四郎」を読んだ時にも思ったのですが、かつて日本人が培ってきた美しい言葉や優れた表現は、現代ではずいぶん埋もれてしまっています。でも、初めて見た表現、言葉遣いでも、「あれ？　なんかわかる」と思える時がある。DNAに訴えかける表現とでもいうのでしょうか。古い時代に生まれた言葉なんだけど、現代に生きる自分にも、その意味合いが即座にニュアンスとして伝わってくる。かの子さんの小説にはそういうところが何箇所もありました。これは音楽的な体験に近い感覚でした。

今どきは多くの作品がスマホでも読めますが、僕は漫画でも小説でも紙の本を好みます。スマホだとメールやその他の情報にいちいち遮断されてしまいます。その点、本の場合は、開けばすぐその世界に戻ることができる。漫画の場合も、見開きで一枚の絵になるようコマ割りされていたりして、その迫力や読後のカタルシスはスマホではなかなか得られないものです。

映画も同様です。スマホの画面だとディテールが見えないので、どうしてもストーリーを追うだけの見方になります。でも、映画やドラマってストーリーだけではないですよね。照明の当たり方だったり、間合いや空気感だったり、そういういろいろな要素が含まれてこその作品だと思うのです。

今回、僕が出演させてもらった映画は故郷の山形が舞台です。CGかと思うくらいの猛吹雪や、美しい樹氷、空気の冷たさなども含めて楽しんでもらえたらと思います。岡本太郎さんは僕の故郷の山形にとても縁《ゆかり》の深い人ですから、高校生ぐらいから本を読んだり、作品に触れたりはしていました。でも、自分で音楽活動をするようになってみると、その作品一つ一つのインパクトがすごい。とても一言では言い表せないような表現者としての「凄み」を感じるようになりました。だから、太郎さんに関わる仕事だったらやらなくちゃ、という思いもこの作品への出演を後押しした理由の一つです。

もちろん、山形でロケをして、山形出身の人たちが山形弁で出演するというのもいいなと思いましたし、それを日本人の監督ではなく、台湾の女性監督がやろうとしているというのにもとても興味を惹かれました。

グオ・チェンディ監督の演出は日本の監督とちょっと違うんです。台本を読んでなんとなく「こういう風に撮るかな」と予想していると、裏切られる。共演者の橋本マナミさんと僕が、雪の中で絡み合って、もみくちゃになった後、二人の距離が縮まるというシーンがあったのですが、「いいシーンだし、いいセリフもあるし、きっとアップでも撮るだろう」と思っていると、引きのカットだけ撮って「あれ、もう終わり？」なんてこともありました。

役者を撮りたいというより、その役者がいる状況を撮りたいという感じ。緩急のリズムで撮っていたようにも思います。もともとドキュメンタリー映画などを撮っていた方だと伺ったので、何か独自の方法論があるのかもしれません。そのあっさりした演出は、ジャン＝ピエール・メルヴィルみたいで好きでした。

僕の出演している日本パートは、「越年」を原作として台北とマレーシアで撮影された物語と、「家霊」にインスパイアされた台湾の海辺の町が舞台の物語の間に挟まれた、オリジナルストーリーです。故郷の山形から逃げるように出てきて、東京で暮らすプログラマーの青年。何年も故郷と連絡を絶っていたのに、ある大晦日にかかってきた幼馴染からの電話で、ついに地元に帰ることになります。

実はとても自分に近い役どころでした。僕も、故郷の山形を飛び出して来てしまったという感覚がどこかにあるんです。生まれた場所が嫌いというわけではないのですがどうにも息苦しいという感覚。多かれ少なかれ、皆さんも持っている感覚なのではないかと思います。今思えば、そう悪い街ではないのだけど、当時は、ここにいて自分のやりたいことが果たせないのが辛くて、逃げ場所として東京に来たという面もあると思います。

そういう立場からすると、一度出てしまった街においそれとは帰れないというのがありますね。いまだに実家の玄関をまたぐ時は緊張しますし、仏壇に「じいちゃん、ごめん。帰ってきちゃった」と手を合わせたりします。

「老妓抄」や「家霊」でも、男は放蕩者でほっつき歩いていて、女性はじっとその場所にとどまっている人として描かれます。一見、「女は家にいろ」みたいな男尊女卑っぽいお話なのですが、現代の女性上位とかフェミニズムとかとは全く違う目線で、女性側の、そこに居続ける強さみたいなものを描いている。そこが、かっこよかったです。男を否定するわけでもなく、「男ってこんなものよ」と達観している強さ。しかも、それを昭和初期の女性作家が書いているということに感動しました。

かの子さんは、その生き方も含めて、「均一化されていないものが産み出せる人」だったのだと思います。必ずしも広く世間に受け入れられるとは限りませんが、そういう人が作るものはやっぱり面白いし、貴重だなと思います。

彼女の作品から感じる強さが、僕たちだけでなく、海を越えて台湾の方までをもいいな、と思わせるのかもしれません。

本書は、ちくま文庫版『岡本かの子全集　2〜6』（一九九三年六月〜一九九四年二月初版）を底本としました。

本文中には、白痴、気違い、気狂い、吃る、不具、顔を痴呆にするといった、今日の人権擁護の見地に照らして、不適切と思われる語句や表現がありますが、作品舞台の時代背景や発表当時の社会状況、また、作品の文学性や著者が故人であることなどを考え合わせ、底本のままとしました。

（編集部）

越年《えつねん》
岡本《おかもと》かの子《こ》恋愛小説集《れんあいしょうせつしゅう》
岡本《おかもと》かの子《こ》

令和元年 8月25日 初版発行
令和7年 4月10日 3版発行

発行者●山下直久

発行●株式会社KADOKAWA
〒102-8177 東京都千代田区富士見2-13-3
電話 0570-002-301(ナビダイヤル)

角川文庫 21721

印刷所●株式会社KADOKAWA
製本所●株式会社KADOKAWA

表紙画●和田三造

●お問い合わせ
https://www.kadokawa.co.jp/ (「お問い合わせ」へお進みください)
※内容によっては、お答えできない場合があります。
※サポートは日本国内のみとさせていただきます。
※Japanese text only

Printed in Japan
ISBN 978-4-04-108561-5 C0193

◆◇◇

角川文庫発刊に際して

角川源義

第二次世界大戦の敗北は、軍事力の敗北であった以上に、私たちの若い文化力の敗退であった。私たちの文化が戦争に対して如何に無力であり、単なるあだ花に過ぎなかったかを、私たちは身を以て体験し痛感した。西洋近代文化の摂取にとって、明治以後八十年の歳月は決して短かすぎたとは言えない。にもかかわらず、近代文化の伝統を確立し、自由な批判と柔軟な良識に富む文化層として自らを形成することに私たちは失敗して来た。そしてこれは、各層への文化の普及滲透を任務とする出版人の責任でもあった。

一九四五年以来、私たちは再び振出しに戻り、第一歩から踏み出すことを余儀なくされた。これは大きな不幸ではあるが、反面、これまでの混沌・未熟・歪曲の中にあった我が国の文化に秩序と確たる基礎を齎らすためには絶好の機会でもある。角川書店は、このような祖国の文化的危機にあたり、微力をも顧みず再建の礎石たるべき抱負と決意とをもって出発したが、ここに創立以来の念願を果すべく角川文庫を発刊する。これまで刊行されたあらゆる全集叢書文庫類の長所と短所とを検討し、古今東西の不朽の典籍を、良心的編集のもとに、廉価に、そして書架にふさわしい美本として、多くのひとびとに提供しようとする。しかし私たちは徒らに百科全書的な知識のジレッタントを作ることを目的とせず、あくまで祖国の文化に秩序と再建への道を示し、この文庫を角川書店の栄ある事業として、今後永久に継続発展せしめ、学芸と教養との殿堂として大成せんことを期したい。多くの読書子の愛情ある忠言と支持とによって、この希望と抱負とを完遂せしめられんことを願う。

一九四九年五月三日

角川文庫ベストセラー

羅生門・鼻・芋粥

芥川龍之介

荒廃した平安京の羅生門で、死人の髪の毛を抜く老婆の姿に、下人は自分の生き延びる道を見つける。表題作「羅生門」をはじめ、初期の作品を中心に計18編。芥川文学の原点を示す、繊細で濃密な短編集。

みだれ髪

与謝野晶子
今野寿美＝訳注

燃えるような激情を詠んだ与謝野晶子の第一歌集。恋する女性の美しさを表現し、若い詩人や歌人たちに影響を与えた作品の数々を、現代語訳とともに味わう。同時代作品を集めた「みだれ髪　拾遺」を所収。

与謝野晶子の源氏物語（上、中、下）
光源氏の栄華／六条院の四季／宇治の姫君たち

与謝野晶子

子供の頃から『源氏物語』を愛読していた与謝野晶子が、各話をダイジェストし、特に名場面の心理描写を丁寧に綴ったはじめての現代語訳。『源氏物語』を国民の愛読書へと導いた記念作。梶田半古の挿画を収載。

伊豆の踊子

川端康成

孤独の心を抱いて伊豆の旅に出た一高生は、旅芸人の十四歳の踊り子にいつしか烈しい思慕を寄せる。青春の慕情と感傷が融け合って高い芳香を放つ、著者初期の代表作。

雪国

川端康成

国境の長いトンネルを抜けると雪国であった。「無為の孤独」を非情に守る青年・島村と、雪国の芸者・駒子の純情。魂が触れあう様を具に描き、人生の哀しさ美しさをうたったノーベル文学賞作家の名作。

角川文庫ベストセラー

細雪 (上)(中)(下)　谷崎潤一郎

大阪・船場の旧家、蒔岡家。四人姉妹の鶴子、幸子、雪子、妙子を主人公に上流社会に暮らす一家の日々が四季の移ろいとともに描かれる。著者・谷崎が第二次大戦下、自費出版してまで世に残したかった一大長編。

恋愛及び色情　谷崎潤一郎　編／山折哲雄

表題作のほかに、自身の恋愛観を述べた「父となりて」「私の初恋」、関東大震災後の都市復興について書いた「東京をおもう」など、谷崎の女性観や美意識について述べた随筆を厳選。解説／編・山折哲雄

三四郎　夏目漱石

大学進学のため熊本から上京した小川三四郎にとって、見るもの聞くもの驚きの連続だった。女心も分からず、思い通りにはいかない。青年の不安と孤独、将来への夢を、学問と恋愛の中に描いた前期三部作第1作。

それから　夏目漱石

友人の平岡に譲ったかつての恋人、三千代への、長井代助の愛は深まる一方だった。そして平岡夫妻に亀裂が生じていることを知る。道徳的批判を超え個人主義的正義に行動する知識人を描いた前期三部作の第2作。

濹東綺譚　永井荷風

かすかに残る江戸情緒の中、私娼窟が並ぶ向島・玉の井を訪れた小説家の大江はお雪と出会い、逢瀬を重ねる。美しくもはかない愛のかたち。「作後贅言」を併載、詳しい解説と年譜、注釈、挿絵付きの新装改版。